KB063379

로크미디어가
유혹하는
재미있는 세상

ROK
MEDIA
로크미디어

이것이 생명이다

이것이 법이다 152

2023년 1월 6일 초판 1쇄 인쇄
2023년 1월 11일 초판 1쇄 발행

지은이 자카예프
발행인 김정수 강준규

기획 이기헌 왕소현 박경무 강민구 조익현
책임편집 최전경
마케팅지원 이원선

발행처 (주)로크미디어
출판등록 2003년 3월 24일
주소 서울시 마포구 마포대로 45 일진빌딩 6층
Tel (02)3273-5135 Fax (02)3273-5134
홈페이지 rokmedia.com E-mail rokmedia@empas.com

© 자카예프, 2015

값 9,000원

ISBN 979-11-408-0286-9 (152권)
ISBN 979-11-255-9575-5 04810 (세트)

이것이 법이다

152

자카예프 장편소설

ROK
MEDIA
로크미디어

CONTENTS

자선도 전쟁이다

세계복지재단. 전 세계에서 가장 큰 복지 재단이다.

노형진이 만들어 낸 재단으로, 다른 재단이나 유엔 산하의 재단들과 달리 중립과 투명성을 무기 삼아서 움직인다.

다른 재단과 유엔 산하 기관들이 불투명한 자금 집행으로 문제가 되고 최근에는 정치적 중립을 버리고 친중국 행보를 보이는 상황에서, 세계복지재단은 미국을 통해 국제 사회단체로 인정받아 본격적으로 미국의 지원을 받아서 활동하고 있었다.

세계복지재단이 다른 곳과 가장 다른 점은 바로 무장의 차이였다.

기본적으로 다른 복지 재단들은 비무장으로 활동한다. 당연히 지역의 강도나 군벌 또는 반군이 물건을 내놓으라고 할 경우 대부분 빼앗긴다.

유엔에서 종종 경호 인력을 붙여 주지만 지역 산적 수준의 적만 막을 수 있는 정도.

실제로 위험지역의 군벌을 막을 만한 병력은 안 된다.

물론 그들을 건드릴 경우 유엔에서 보복한다고 나서면 되지만, 유엔은 물건은 다 빼앗겨도 총은 쏘지 말라고 공식적으로 지시할 정도로 보복의 의사가 없다.

죽이지만 않으면 저항하지 않는다는 걸 아는 군벌들은 당연히 주저하지 않고 긴급 구호품을 약탈한다.

그러다 보니 현실적으로 현재 세계복지재단을 제외한 다른 단체의 지원은 지역 군벌의 또 다른 자금 공급처꼴밖에 안 되는 상황.

하지만 세계복지재단은 다르다.

그들은 무장했고, 상대방을 엿 먹일 수 있는 힘이 있다.

그러한 사실 때문에 필리핀 정부는 난리가 났다.

"세계복지재단이 필리핀으로 들어온다고?"

"네. 공식적으로 공산당의 지원 요청을 받아서 식량과 위생용품 그리고 긴급 생활용품들을 공급할 예정이라고 합니다."

"누구 마음대로!"

두에른은 분노에 차서 소리를 질렀다.

지금까지 최빈국 또는 내전 국가에서 활동하던 놈들이 왜 갑자기 필리핀으로 들어온단 말인가?

물론 필리핀의 상황이 좋지 않은 것은 사실이다.

범죄와의 전쟁으로 인기를 끌고 있기는 하지만 그로 인해 다른 나라에서 인권 문제로 공격받고 있다. 그래서 중국과 손잡을 수밖에 없었다.

그런데 그걸로 이 난리를 피우다니.

"말이 돼? 절대로 안 돼!"

필리핀의 대통령 두에른은 그걸 용납할 수가 없었다.

안 그래도 내부에서 자신에 대한 불만이 극에 달한 상황이다.

말이 범죄와의 전쟁이지 온갖 부정부패가 판치고 있으니까.

범죄와의 전쟁을 하기 위해서는 일단 전쟁을 하는 조직이 선하고 깨끗해야 한다.

그런데 두에른은 그걸 몰랐다.

그 결과, 경찰이 부패한 상황에서 전쟁을 치르게 되어 답이 보이지 않고 있었다.

진짜로 그들이 깨끗하다면 3년, 아니 2년이면 범죄 조직과 마약 사범들을 박멸할 수 있어야 한다.

하지만 과연 필리핀 정부 부서가 깨끗할까?

그렇지 않다.

마약 사범을 죽이기는 하지만 그들에게서 빼앗은 마약은 여전히 그들을 죽인 경찰이 유통하고 조직을 집어삼키기에,

결과적으로 몇 년이 지난 지금까지도 필리핀의 상황은 전혀 나아지지 않았다.

국제적인 고립.

거기다가 코렐09바이러스의 유행으로 필리핀의 상황은 바닥으로 처박히고 있는 상황.

그런 상황에서 뜬금없이 필리핀 공산당이 나서서 그들을 구제한다고 하자 두에른의 입장에서는 어이가 없었다.

"한국에서는 뭐래?"

"민간의 영역에 관해서는 자신들도 어찌할 수가 없다고 합니다."

"민간? 지금 이게 민간의 영역이라고?"

"네."

"말이 된다고 생각해?"

이 비용은 한국의 민간인들이 내고 있는 상황이다.

자선이 아니라 자신들의 파멸을 위해 지갑을 열고 있는 한국의 사람들.

그 사실을 안 두에른은 기가 막혔다.

'어디서 잘못된 거지?'

물론 지방정권도 아닌 한낱 공산당이 위협이 될 거라고는 생각하지 않는다. 무력적으로는 말이다.

하지만 필리핀 정부에서 제대로 통제하지 못하는 다른 지역에 자선사업을 하기 시작하면 그 지역이 공산당의 영역에

포함되는 것은 당연한 일.

필리핀은 섬으로 이루어진 나라다. 그러나 제대로 된 해군력도 없을뿐더러 모든 섬에 병력을 파견할 수도 없다.

그 상황에서 과연 그들을 제압할 수 있을까?

애초에 제압 자체가 불가능하다.

그들은 무장한 반군이 아닌 민간인이다.

범죄자를 죽이는 것과 민간인을 죽이는 건 전혀 다른 문제다.

"한국에 정식으로 항의해. 그리고 어떻게 해서든 이 문제를 해결할 수 있는 방법을 찾아보고."

"각하, 하지만……."

보좌관은 말을 잇지 못하고 우물거렸다.

그런 그를 보고 두에른은 화를 벌컥 냈다.

"할 말이 있으면 해!"

"그들이 원하는 건 하나뿐입니다. 아시다시피……."

"헛소리하지 마!"

한국에서 원하는 건 단 하나, 바로 범죄자들의 처벌이다.

하지만 두에른은 그럴 수가 없는 상황이었다.

현재 그는 독재를 하고 있다.

그리고 그는, 지지하는 세력이 없는 독재자의 말로는 비참하다는 걸 안다.

당장 범죄와의 전쟁이라는 말로 사람들의 시선을 돌리고 있지만 지난번 사건에서 보다시피 이건 범죄와의 전쟁이라기보다는 이권을 차지하기 위한 전쟁이다.

실제로 필리핀은 그 범죄와의 전쟁으로 인한 사회적인 이득이 전혀 없다시피 하다.

한국에서 범죄와의 전쟁이 상당한 효과를 발휘한 건, 그 당시 경찰이 아무리 부패했다고 해도 인신매매나 마약 같은 진짜 범죄를 꿀꺽하려고 하지는 않았기 때문이다.

하지만 필리핀은 그게 아니라 국가조직이 납치를 벌이고 마약을 판매하기 때문에, 결과적으로 말하면 그냥 이권이 정부로 넘어간 거지 진짜로 범죄자들이 박멸된 게 아니다.

"이게 뭔."

두에른은 머리가 아파 왔다.

자기네 사람을 죽이면 지지 세력이 이탈할 텐데, 그렇게 되면 진짜 자기 목숨이 위험해지니까.

"일단 버텨. 어차피 한국 새끼들은 병신이라 조금만 참으면 착한 짓 한다고 입 닥치고 살 테니까."

그동안 보아 온 한국은 그랬으니까.

하지만 그는 몰랐다.

노형진은 그다지 착한 사람이 아니라는 것을.

⚖

"뭐라고요?"

"충주함, 우리가 사겠습니다."

"누구 마음대로요?"

"왜요? 우리가 제값 주고 사겠다는데, 그게 싫습니까?"

"말도 안 되는 소리 하지 마세요. 무슨 민간단체가 전함을 운영합니까!"

"이미 탱크에서부터 지대공미사일까지 다 운영하는데 전함이라고 운영 못하겠습니까?"

"항구도 없잖아요!"

"찾아보면 있겠지요. 필리핀 공산당에서는 자신들이 점령한 지역에 항구를 마련해 주겠다고 했습니다."

노형진의 말에 국방부 담당자는 얼굴이 딱딱하게 굳었다.

그도 그럴 게, 사실상 충주함의 운영을 공산당에게 맡기겠다는 소리니까.

"절대로 안 됩니다."

"왜요?"

"아니, 국제적 관계라는 게 그런 겁니다."

포항급 초계함인 충주함은 현재 한국에서는 퇴역한 함정이다. 그걸 한국 정부는 필리핀 정부에 100달러에 넘기기로 약속했다.

실제로, 원래 역사에서 충주함은 필리핀으로 넘어가서 활동하게 된다.

'하지만 이번에는 아니지. 최소한 이번에는.'

일을 키우고 싶다?

그렇다면 사람들에게 끊임없이 분노를 채워 주면 된다.

소위 말하는 '장작'을 던져 주는 거다.

그래서 노형진이 노린 게 바로 이거였다.

"충주함은 그리 위험한 함정도 아니지 않습니까? 기껏해야 초계함인데."

한국으로 치면 초계함은 원양에는 못 나가고 근해를 순찰하는 정도의 함정이다.

사실상 현대전에서는 주요 전력이 될 수 없는 구닥다리 배다.

하지만 필리핀은 그런 것조차도 없어서, 그걸 공여받아서 쓰기를 원했다.

물론 공짜는 아니다.

정확하게는, 배는 100달러로 공짜나 다름없지만 그 대신에 안에 들어가는 무기가 비싸다.

게임으로 치면 게임기 자체는 회사에서 원가나 적자를 감수하고 싸게 파는 대신에 게임 판매로 수익을 내는 것과 비슷한 거다.

현재 충주함은 필리핀에 넘겨주기 전에 개수를 통해 새로운 통합 시스템과 무기를 장착하고 있는 상황.

"그걸 우리가 제값 주고 사겠다니까요."

"안 됩니다."

물론 노형진의 요구는 상식적으로 말이 안 된다.

다른 무기들은 방어용이라고 주장할 수 있지만 군함은 명백하게 공격용 무기다. 당연히 한국의 국방부 입장에서는 그 요청을 받아들일 수 없다.

"그렇군요."

사실 노형진이 정말 그걸 살 생각은 없었다.

상식적으로 말이 안 된다는 것쯤은 노형진도 안다.

중요한 건 바로 그들의 입장이다.

"그래서 필리핀에 공여하시겠다는 거군요? 최소 수십억짜리 군함을 필리핀에 공짜나 다름없는 가격에 넘기겠다는 게 국방부의 입장이군요."

"그렇습니다."

"알겠습니다."

노형진은 자리에서 일어나 미련 없이 뒤돌아 나갔다.

홀로 남은 담당자는 미심쩍은 얼굴이 되었지만 막지는 못했다.

노형진은 나오자마자 품에서 핸드폰을 꺼냈다. 그리고 어디론가 전화를 걸었다.

"어, 김 기자. 나 노 변호사인데, 재미있는 녹음 파일 하나 보내 줄게. 뭐냐고? 글쎄 말이야, 한국 정부에서 한국 국민을 죽인 필리핀 정부에 어마어마한 무기를 공여한다고 하지 뭐야?"

노형진은 씩 하고 웃으며 설명을 이어 갔다.

⚖️

한국 국민을 살해한 필리핀 정부에 돈에 이어 무기까지 공여. 한국은 필리핀의 노예인가?

자극적인 기사였다.

사실 국력으로 보나 세계적인 위치로 보나, 한국이 필리핀의 노예가 될 수는 없다.

하지만 기자들에게 그런 건 중요하지 않다.

그들은 그저 화가 난 국민들이 자기가 작성한 뉴스를 많이 봐서 조회 수가 잘 나오기를 원할 뿐.

당연히 기자들은 그런 원색적인 표현을 빠르게 베껴 쓰기 시작했고, 얼마 지나지 않아 외교부와 국방부에 엄청난 항의 전화가 몰려들었다.

ㅡ왜? 그냥 나라를 가져다 바치지 그러냐?

ㅡ한국인 한 명 죽이면 군함이 떨어지네. 한국인 다 죽이면 한국도 다 먹을 수 있겠다?

ㅡ매국노 새끼들아, 너희가 그러고도 한국인이냐?

극도로 분노한 사람들.

그들의 분노는 일견 정당해 보였다.

물론 그래도 국제 관계라는 게 쉽지 않다고, 이미 한 약속은 지켜야 한다고 이야기하는 사람도 있었다.

하지만 먼저 약속을 깨트린 건 다름 아닌 필리핀이었다.

그 말에 약속 운운하던 사람들은 입을 다물어야 했다.

그나마 한다는 말이, 그렇다고 우리도 약속을 지키지 않으면 같은 수준이 된다는 정도였다.

"하지만 사람들에게 그 말이 먹힐 리가 없지요."

송정한에게 노형진이 느긋하게 말했다. 그러자 송정한이 고개를 끄덕거렸다.

"필리핀은 한국에서 가장 많이 가는 관광지 중 하나니까."

사람들이 분노하는 건 단순히 필리핀이 약속을 어겼기 때문이 아니다.

필리핀이 국가 차원에서 한국인을 납치해서 죽인 것과 동시에 한국에서 국민의 보호를 포기했다는 것에 화내는 거다.

한국인이 많이 여행 가는 필리핀의 특성상 장기적으로 보면 결국 자신들도 그러한 범죄의 희생양이 될 수 있다는 걸 아는 거다.

"정부에서는 뭐라고 합니까?"

"곤혹스러워하지. 일이 이 정도로 커질 줄은 몰랐을 테니까."

"바보랍니까? 저에 대해 충분히 알 텐데요."

일을 키워서 폭파시켜 버리는 게 노형진의 특기다. 그런데 이렇게 커질 줄은 몰랐다고?

"직접 당해 본 적은 없잖아. 얼마 전까지만 해도 자네가 그쪽 사람이었으니까, 그래도 자기편이라고 손속에 사정을 둘 거라 생각했겠지."

"웃기는 소리 하는군요. 변호사에게 그런 게 어디 있습니까?"

의뢰만 받으면 어제의 철천지원수와도 같이 일하는 게 바로 변호사다.

더군다나 노형진은 이미 자문 위원을 그만둔 상황이다. 그런데 사정을 두다니.

"근자감이라는 게 딱 맞는 말이네요."

"그러게 말이야. 하여간 어찌 되었건 그쪽은 애매한 모양이야."

이제 와서 사형을 집행하라고 요구하자니 내정간섭이라는 말이 나오지 않을 수가 없고, 그렇다고 가만있자니 국민들이 너무 화가 난 상황이다.

"그런 경우 보통 답은 하나죠."

그건 다름 아닌 사람들이 잊어버리기를 기다리는 거다.

틀린 말은 아니다.

아무리 충격적인 일을 겪어도 결국 사람은 잊어버린다. 그리고 정치적인 문제가 엮이면 도리어 그걸 공격한다.

한두 번이 아니다.

초대형 사건들이 터졌을 때 대부분의 정치인들은 어떻게 해서든 정치적으로 엮으려고 한다.

공격자들은 상대방을 엿 먹이기 위해서.

방어자들은 지지 세력을 모으기 위해서.

그 과정에서 당사자들의 고통 같은 건 배려의 대상이 아니다.

그렇게 정치적으로 엮어 버리면 국민들은 자신이 지지하는 정치 세력을 보호하기 위해 개싸움을 하기 시작하고, 결과적으로 사건은 잊히고 정치적인 모욕만 남는다.

정치인들은 그 상황을 즐기다가 두둑하게 돈만 받아 처먹으면 되는 거다.

'그게 정치인들이나 권력자들이 국민들을 개돼지로 보는 가장 큰 이유지.'

시간이 지나면 잊어버리니까.

그렇게 조종할 수 있으니까.

누군가 그걸 계속 이야기하면 지겹다는 말로, 언제까지 과거에 있을 거냐는 말로 매도하면 그만.

"실망이네요."

"뭐가 말인가?"

"박기훈 대통령은 그러지 않을 거라 생각했거든요."

그걸 가장 싫어했던 사람이 바로 박기훈이었다.

그런데 그런 그가 결국 선택한 방법이 국민들이 잊어버릴 때까지 버티기라니.

"정치란 그런 게지. 솔직히 나도 자네가 아니었다면 어찌 변했을지 모르지."

송정한은 인정한다는 듯 고개를 끄덕거렸다.

확실히, 노형진이 아니었다면 그도 다른 정치인처럼 변했을지도 모른다. 매일같이 보는 게 그런 광경이니까.

애초에 그렇게 변하지 않으면 정치판에서 퇴출되니까.

"그런데 또 그 방법이 완전히 틀린 건 아니거든. 자네도 알지 않나? 어차피 이 코넬09바이러스 시국이 금방 끝나지는 못하겠지. 1~2년 안에 해결될 문제가 아니야. 그 시간이 지나면 사람들은 다 잊어버릴 거야."

더군다나 제3자의 문제다.

엄밀하게 말하면 그동안 코넬09바이러스로 인해 받은 스트레스가 노형진의 유도에 따라 터져 나오고 있는 것이니, 노형진이 아니었다면 이 사건이 이렇게 커질 수는 없었을 것이다.

"그러니 이제는 기다리겠다는 것 같은데, 자네는 어쩔 생각인가?"

"저랑은 상관없죠."

"상관없다니?"

"이번 사건의 당사자는 한국 정부가 아니라 필리핀 정부니까요."

군함을 필리핀 공산당이 제공하는 항구에서 운영하겠다.

그 말은 공산당에 무기를 공급할 가능성을 오픈한 셈이다.

"애초에 목적이 그걸 받는 게 아니라 공산당의 무장을 지원한다는 것을 알리려는 거였군."

"네. 물론 그건 쇼지만요."

아무리 필리핀의 행동이 괘씸하다고 한들 세계복지재단에서 한 나라의 반군의 무장을 도와줄 수는 없다.

당장 각 지역에 있는 안전 구역의 경우는 자기 보호의 목적이 확실하기 때문에 무장이 가능하지만 군함은 절대 안 된다.

"하지만 쇼라는 건, 결국 상대방이 걱정만 해도 성공이니까요. 거기다가 필리핀 정부는 이번 쇼 때문에 한 가지를 더 걱정해야 합니다."

"뭔데?"

"우리가 필리핀을 적대하지 않을까 하는 공포죠."

물론 세계복지재단이라고 해서 멀쩡한 정부가 있는 나라를 적대할 수는 없다.

정확히 말하자면 그들이 두려워하는 건 그 뒤에 있는 마이스터와 미다스다.

그들이 나서면 전쟁은 못 해도 필리핀의 경제가 나락으로 떨어질 가능성이 높다.

더군다나 지금은 코델09바이러스가 퍼져서 모든 나라들이 고통받고 있는 상황.

이 상황에서 과연 필리핀 정부가 버틸 수 있을까?

"그런데 과연 그 정도로 심각하게 생각할까? 솔직히 두에른 이라는 사람 말이야, 극단적인 인물이야. 진취적이고 집행력은 있지만 그걸 제대로 실행할 정도로 똑똑하지는 않아 보여."

"일단 두고 봐야지요. 그렇게 된다면 최악의 경우 최후의 수단을 써 봐야지요."

⚖

쾅!

두에른의 테이블이 부서질 것처럼 울렸다.

"군함? 군함? 우리한테 주기로 한 군함?"

"네. 한국 정부에서 양도가 당분간은 곤란하다는 의견을 전달해 왔습니다."

"왜?"

"국민들이 들고일어나기 직전이라고 합니다."

"그게 뭔 소리야? 어차피 그런 새끼들은 무시하면 그만이 잖아!"

필리핀에서는 돈 있는 사람만 챙기면 된다.

가난한 거지들? 어차피 챙겨 줘도 나오는 건 없다. 그래서 그들을 무시하고 살아간다.

그런 두에른이었기에 한국의 선택이 이해가 가지 않았다.

"한국은 상황이 다른가 봅니다."

"빌어먹을!"

필리핀에는 제대로 된 선박이 없다.

대부분의 선박들이 2차대전 직후에 미국이 필리핀에 공여, 아니 버리다시피 한 것들이다.

전쟁 이후에 긴급하게 군축하면서 폐기하는 비용이 아까워서 준 배들.

그러다 보니 섬으로 된 해상 국가임에도 불구하고 필리핀의 해상력은 턱없이 부족했다.

"그딴 배 없어도 우리는 문제없어! 어차피 우리는 그런 배 없어도 그만이야! 안 그래?"

"하지만 각하."

"시끄러워. 우리가 그렇게 구걸까지 해 가면서 고작 배 하나 받고 고개를 숙이길 바라는 한국 놈들이 멍청한 거야!"

두에른은 자존심이 강한 자다. 그랬기에 자신이 아닌 한국이 잘못한 거라 생각했다.

"안 그래? 우리가 중국과 싸울 거야, 아니면 다른 나라와 싸울 거야?"

중국? 한국도 못 싸우는 나라가 중국이다.

거기다 자신은 확고한 친중파. 그러니 중국과 싸울 일은 없다.

다른 나라?

그나마 필리핀은 이 지역에서 터줏대감 노릇은 한다. 군함한 척 없다고 그 싸움에서 지지는 않는다.

더군다나 자기네 군대는 반군과 싸우면서 나름의 경험도 쌓지 않았던가?

"알겠습니다."

두에른의 말에 보좌관은 고개를 끄덕거렸다. 말린다고 들 어줄 사람도 아니니까.

'걱정이야.'

하지만 그는 걱정이 앞섰다.

이 모든 걸 선동하는 건 한국이 아니었다, 한국에 있는 마 이스터의 대변인 노형진이지.

대통령의 보좌관을 할 정도로 상당한 지식을 가진 그는 이 차이가 얼마나 큰지 알 수 있었다.

'하지만⋯⋯.'

말할 수는 없었다. 자칫 대통령의 심기를 건드리면 어느 순간 마약쟁이로 몰려서 총살당할 수 있으니 말이다.

'갑갑하군.'

보좌관은 한숨을 속으로 삼킬 뿐이었다.

"무시라⋯⋯."

노형진은 머리를 북북 긁었다.

"예상에서 어떻게 한 치도 벗어나지를 못하는군. 이해는 하지만."

사실 이 문제는 이렇게 복잡한 일이 아니었다. 그냥 범죄자들만 처벌하면 되는 일이니까.

하지만 두에른은 그 대신에 그들의 보호를 선택했고, 그 결과 돌이킬 수 없는 선을 넘어 버렸다.

"새로운 정보에 따르면 필리핀 내부에서 한국인에 대한 셋업 범죄가 폭주 중이라고 하더군."

송정한은 참담한 표정으로 말했다.

"그럴 거라 예상했습니다. 그래서 제가 그렇게 그들을 처벌해야 한다고 목소리를 높인 거고요."

단순히 억울하니까 처벌하라는 게 아니다.

당하고도 가만히 있는 사람은 만만하게 여길 수밖에 없다. 그게 인간의 본성이다.

그런데 정부에서 한국인을 죽인 사람을 보호해 준다?

그러면 필리핀 정부에 소속된 사람들은 어떻게 생각할까?

당연히 한국인은 만만하다고 생각하게 된다.

그리고 그 경우, 그들은 한국인을 집중적으로 셋업 범죄의 대상으로 생각하게 된다.

다른 나라는 건드릴 수가 없다. 자국민을 건드리면 가만히 있지 않으니까.

하지만 한국은 아니다. 남의 일이고, 상관없으니 방치만

한다.

"더군다나 지금 필리핀은 마약과의 전쟁 중입니다."

마약만 대충 심어 두면 그냥 총살한다고 해도 한국에서는 항의하지 못한다. 그렇게 생각할 거다. 내정간섭이니까.

실제로 한국은 필리핀에서 한 해에 몇 명의 한국인이 죽는지, 얼마나 실종되는지 조사하지 않으니까.

그에 반해 제대로 한 번만 엮으면? 수천만 원이 생기는데, 필리핀에서는 평생을 먹고살 수 있는 돈이다.

"그러니까 그들 입장에서는 안 하는 게 이상한 거죠."

노형진은 우려했던 일이 터지자 쓰게 웃었다.

"그러면 이제 어쩔 건가?"

"어쩌긴요. 이제 최후의 수단을 써야지."

"최후의 수단?"

"네."

노형진은 담담하게 말했다.

"정치인들이 두려워하는 건 언제나 같습니다. 바로 국민들이 똑똑해지는 거죠. 그리고 그들이 뭉치는 거죠."

그리고 노형진에게는 그렇게 만들 힘이 있었다.

⚖️

필리핀은 전 세계적으로 봤을 때 분쟁 국가나 위험 국가로 보기는 힘들다.

반군이 존재하지만 말이 반군이지 사실상 무력이 형편없기 때문이다.

필리핀 정부가 반군을 박멸하지 못하는 이유는 그들이 강해서가 아니라 수천 개의 섬으로 이루어진 필리핀의 특성상 어디에 숨어 있는지 알 수가 없기 때문이다.

더군다나 마치 베트남전쟁에서처럼 그들은 평소에는 일반 시민 모습을 하고 있다.

당연하게도 그 상황에서 그들을 학살하면 전 세계적으로 규탄이 터져 나올 테니 필리핀은 적극적으로 학살하지 못했다.

그런데 노형진이 내건 방식은 전혀 다른 방식의 싸움이었다.

"줄을 서세요."

필리핀 공산당의 깃발 아래 어마어마한 양의 보급품이 필리핀의 지방에 공급되기 시작했다.

비싸서 구하기도 힘든 마스크부터 비상식량과 긴급 의약품들.

필리핀의 모든 섬이 다 잘사는 것은 아니다.

일부 대형 섬들, 그러니까 관광지 위주의 섬들만 빼고 지방 섬들은 가난하기 그지없다.

그런 곳에 인도적인 지원이 들어가자 사람들은 너도나도 모여들기 시작했다.

"숫자가 어마어마하네요."

부하의 말에 파스쿠알은 쓴웃음을 지었다.

"그만큼 생존이 절박한 거지."

코델09바이러스는 단순히 병으로만 사람을 죽이지 않는다.

경제를 마비시켜서 가난한 사람들을 굶어 죽게 만든다.

하루 벌어서 하루 먹고산다. 그게 필리핀의 지방에 사는 대부분의 사람들의 현실이다.

그러나 필리핀에서 봉쇄정책을 쓰기 시작하면서 그들은 먹고사는 것 자체가 불가능해졌다.

일을 하러 나갈 수가 없으니 대부분의 사람들은 그 상황에서 쫄쫄 굶는 수밖에 없었다.

당연하게도 그런 삶을 좋아하는 사람은 없다.

봉쇄령? 그걸 지킬 여력이 되는 사람들이 거의 없다시피 한 게 현실이다.

미국이나 유럽 같은 선진국들도 그런데 하물며 필리핀의 가난한 사람들에게는 진짜 생존이 걸린 문제였다.

돈을 벌 방법이 없어 결국 가만히 앉아 죽음만 기다려야 하는 상황에서 그들에게 가능한 선택은 도둑질을 하든가 아니면 국가를 뒤집든가다.

그리고 필리핀 정부는 후자를 두려워한다. 그래서 봉쇄령이라는 미명하에 그들이 모이지 못하게 막아 왔다.

이것이 법이다

하지만 아무리 봉쇄령이 내려져 있다고 해도 먹고살고자 하는 사람들을 막을 수 없는 법.

"이 페미컨? 의외로 이게 먹을 만하더군요."

"나도 페미컨이라는 건 처음 들어 봤지만 그래도 이런 식량이라도 있는 게 다행이지."

페미컨은 인디언 전통의 요리다.

고기와 지방 그리고 곡물을 뭉쳐서 만드는 페미컨은 보관 기간 자체가 엄청나게 길다.

유틉에서 100년 지난 페미컨을 먹었어도 멀쩡할 정도로 말이다.

노형진은 빈국의 기아 상태 역시 예상했기에 어마어마한 숫자의 페미컨을 생산해 둔 상태였다.

일반적으로 식량 공급을 할 수 있는 시스템을 만들어 냈지만 가난한 나라와 선진국의 식량 공급이 같을 수는 없으니까.

선진국은 나중에 갚도록 되어 있지만 빈국은 그걸 갚을 수 없다.

그렇다고 해서 그들이 굶어 죽게 둘 수는 없는 노릇.

더군다나 가난한 나라들은 냉장고는커녕 전기도 들어오지 않는 지역이 대부분이고, 그런 곳에서 일반적인 공장에서 나오는 식량의 공급은 효율적이지 않다.

너무 빨리 상하기 때문이다.

그런데 페미컨은 냉장고가 없어도 몇 년간 보관이 가능하고, 결정적으로 제대로 양념만 하면 그럭저럭 먹을 만하다.

거기다 칼로리도 높고 동물의 지방이나 잡고기를 쓰기 때문에 생산 단가도 낮다.

그래서 그런 빈민가용 페미컨을 여러 가지 맛으로 대량으로 만들어 그냥 물만 넣고 끓이면 먹을 수 있게 해 놨다.

물이 없는 경우에도 그냥 먹을 수 있는 게 바로 페미컨이다.

"좀 우습네요."

"뭐가 말인가?"

"솔직히 저들이 평소에 먹는 대부분의 음식이 페미컨보다 더 안 좋을 거 아닙니까?"

그 말에 파스쿠알은 쓰게 웃었다.

실제로 그랬다. 저런 빈민들이 평소에 먹는 음식을 보면 틀린 말도 아니다.

고기? 1년에 한 번이나 먹을 수 있을까?

그런 그들에게 있어서 페미컨의 고기는 아무리 잡고기라 해도 고기였다.

도리어 여러 가지 양념이 되어 있는 페미컨은 빈민들이 평소 먹던 음식보다 훨씬 더 좋은 것이었다.

"그런데 말입니다, 대장. 이거 불안하지 않습니까?"

"불안해?"

"네, 여기서 이런다는 게……."

부하는 주변을 보면서 말했다.

그도 그럴 게 지금 이들이 있는 장소는 마을의 광장 한복판이었던 것이다.

물론 제대로 된 광장이라기보다는 가난한 마을의 공터에 가깝다.

그곳에서 페미컨과 약 그리고 기타 식량들을 나눠 주고 있는 상황.

"어색하지?"

"그러네요."

무장 노선을 주장하던 필리핀 공산당이다. 그런 그들이 완전히 비무장으로 밖으로 나와서 백주 대낮에 자선사업을 한다?

"필리핀 정부에서 가만히 있지 않을 텐데요."

학살은 못 하겠지만 일단 봉쇄령을 어긴 이상 가만히 있을 리가 없다.

"알아. 그렇지만 이렇게 하라고 하니까."

파스쿠알은 불안한 눈빛으로 식량을 받아 가는 사람들을 바라보았다.

그때였다.

저 멀리 한 무리의 사람들이 몰려오는 게 보였다.

차량과 트럭에서 내린 무장한 사람들. 그들은 다름 아닌 필리핀군이었다.

그들은 들이닥치자마자 식량을 나눠 주는 사람들에게 다가왔다.

"당신들 뭐야!"

"지금 자선사업을 하고 있습니다."

"자선사업?"

"긴급 구제용 식량과 의약품을 제공 중입니다."

파스쿠알은 조용히 말했다.

하지만 그의 심장은 미친 듯이 뛰고 있었다.

얼마 전까지만 해도 자신들과 총질하던 놈이다.

다행히 자신의 얼굴을 몰라서 다짜고짜 총질부터 하지는 않았지만.

"누구 마음대로?"

"저희는 세계복지재단에서 나와서……."

"아아, 시끄럽고, 전량 압수해!"

군 장교로 보이는 남자는 제대로 듣지도 않고 귀찮다는 듯 손을 휘휘 저었다.

"네?"

"봉쇄령 위반이다. 전량 압수해."

"하지만 이건 이 사람들의 생명 줄이나 마찬가지입니다."

좀 잘사는 사람들은 그나마 여유가 있어서 식량을 사거나 봉쇄 상태에서도 생존을 도모할 수 있다.

하지만 여기에 있는 사람들은 아니다.

이 사람들은 당장 오늘 이걸 못 가지고 가면 내일 굶어 죽을 수도 있다.

"시끄럽고, 압수해. 봉쇄령 위반이야!"

하지만 장교로 보이는 남자는 단호하기 그지없었다.

"제발……. 제발 주세요!"

"저희 집에서 애가 나흘째 굶고 있습니다."

군대가 나서서 모든 물품을 압수하려고 하자 당연히 지역의 주민들은 난리가 났다.

하지만 군 장교는 들은 척도 하지 않았다.

"모두 차에 실어!"

이미 이들은 그럴 계획이었을 거다.

실제로 병력은 1개 소대 정도. 파스쿠알이 무장봉기 노선을 포기하지 않았다면 어렵지 않게 전멸시킬 수 있는 숫자였다.

더군다나 이들은 병력 수송 차량을 제외하고 빈 트럭을 두 대나 더 끌고 왔다.

이게 무슨 소리냐? 애초에 여기에 있는 보급품과 식량 그리고 의약품을 모조리 빼앗으려고 왔다는 거다.

"이런 개 같은……."

파스쿠알은 그걸 보면서 이를 악물었다.

하지만 싸우지는 않았다.

정확하게는, 싸울 수가 없었다. 무장을 하지 않았으니까.

마음 같아서는 다 쏴 죽이고 싶지만 그럴 수가 없는 노릇.

"출발해!"

필리핀군은 순식간에 모든 물품을 빼앗아서 그곳을 떠났

고, 파스쿠알과 사람들은 그걸 허망하게 볼 수밖에 없었다.

    —우리가 언제까지 참아야 합니까? 이제는 나눠 줄 만한 물건 자체도 없습니다.

    필리핀 정부는 봉쇄령 위반이라는 명목으로 거의 대부분의 물건을 빼앗아 갔다.

    식량과 의약품 등을 나눠 준 곳이 한두 곳이 아닌데 거의 모든 곳에서 빼앗았으니, 사실상 구호품을 나눠 주는 게 불가능하다는 뜻이었다.

    "화가 많이 나셨나 보군요."

    노형진은 화면에 비치는 파스쿠알의 얼굴을 마주하며 미소를 지었다.

    —웃음이 나옵니까?

    "나오죠. 제 계획이 완벽하게 먹혔으니까."

    —계획이 먹혔다고요?

    "네. 사실 전 이 모든 물건을 다 빼앗길 거라고 예상했거든요."

    —뭐라고요? 그런데 왜 준 겁니까?

    "군대를 고립시키기 위해서요."

    그 말에 파스쿠알은 이해가 가지 않았다.

군대가 왜 고립된단 말인가? 도리어 그들은 가지고 간 식량과 마스크로 자신들을 지킬 터인데.

"지금 전 세계가 어떤 상황인지 아시나요?"

─알지요.

전 세계는 아직 마스크 부족 사태로 고통받고 있다.

조금씩 마스크를 공급하고 있다지만 아무리 노형진이라고 해도 전 세계를 커버할 수는 없는 상황.

현재 각 나라가 어느 정도로 마스크와 의약품의 부족을 겪고 있느냐면, 화물에 마스크가 있을 경우 중간 기항지가 속한 나라에서 무단으로 그 화물을 가지고 가 버리는 수준이다.

그러다 보니 각 국가의 긴장감이 최고조에 다다른 상황.

그럼에도 불구하고 마스크와 의약품의 부족은 해결될 기미가 보이지 않았다.

"그 상황에서 자선단체가 지역에 마스크와 식량 그리고 의약품을 공급한다고 하면 장교들은 무슨 생각을 할까요? 특히 필리핀처럼 부패한 국가의 장교들이요."

─그거야…….

"파스쿠알 씨, 미안하지만 공산당은 반군입니다. 그리고 반군이 존재한다는 것 자체가 그 나라의 시스템에 심각한 문제가 있다는 소리죠."

진짜 사람들이 안정적으로 삶을 영위하고 일상생활이 법과 원칙의 보호를 받는다면 반군이라는 건 생길 수가 없다.

한국만 봐도 그렇다.

정치인 중에는 입만 열면 빨갱이가 나라를 지배한다고 하는 놈들이 있지만, 사실 그들의 말대로 공산주의자들이 나라를 지배하는 거라면 그렇게 입을 여는 순간 모가지가 날아가야 정상이다.

그들이 그렇게 빨갱이 타령을 할 수 있다는 것 자체가 아이러니하게도 사회가 정상적으로 굴러간다는 가장 확실한 증거다.

"한국도 정치적 대립이 없는 건 아닙니다, 하지만 한쪽에서 무장하고 반기를 들었을 때 어떤 일이 벌어지는지, 몇 년 전에도 보셨잖습니까?"

홍안수의 친위 쿠데타. 그 당시에 국민들은 호응하지 않았고 일선 병사들조차도 반기를 들었다.

그 때문에 홍안수는 계획과 다르게 서울이라는 공간에 갇혀 버렸고, 결과적으로 그 안에서 굶어 죽을 뻔하다가 아래에서 일어난 반란으로 몰락했다.

"필리핀에 반군이 존재한다는 것 자체가 시스템 이상을 증명하는 겁니다."

―그런데요?

"그런 이상한 상황에서 과연 필리핀군 장교들이 어떤 선택을 할까요? '좋은 일을 하네. 일단 두고 보자.'라고 생각할까요, 아니면 '저기 돈이 될 만한 게 있다.'라고 생각할까요?"

그 말에 파스쿠알은 묘한 표정이 되었다.

당연히 후자다. 그랬기에 자신이 공산당을 세우고 싸우는 거고.

"물론 이번 약탈을 필리핀 정부에서 한 건 아닐 겁니다."

안 봐도 뻔하다. 필리핀 정부에서는 그들을 컨트롤하지 못한다.

"독재국가는 필연적으로 지지 세력에 무한한 호의를 베풀 수밖에 없습니다."

무력을 지배하는 자가 나라를 지배한다. 그것이 독재국가의 가장 기본적인 정책이다.

당장 필리핀 대통령 두에른이 범죄자인 놈들을 왜 처벌하지 못한 것인가?

그 이유는 간단하다. 그들의 지지가 필요하니까.

'그리고 그게 내가 노린 약점이지.'

이번 일에 대해서도 두에른은 장교와 군을 처벌하지 못한다.

"이제 파스쿠알 씨가 할 일은 간단합니다. 중국 공산당에 지원을 요청하세요."

─중국 공산당에요? 하지만 거기는 우리한테 신경도 안 씁니다.

중국 공산당은 전 세계의 공산화의 기치를 가지고 있다.

하지만 진짜로 그렇지는 않다. 그건 어디까지나 공산당을 창당할 때의 이야기지, 지금의 공산당은 권력기관이다.

선불리 다른 나라를 전복시키려고 하다가 욕먹을 생각은 그들에게도 없다.

당연히 다른 빈국의 공산당들이 지원을 요청한다 해도 신경조차 쓸 리가 없다.

"압니다. 하지만 국민들이 빠칠 이유가 많다면 유리한 건 우리거든요."

노형진은 빙긋 웃으며 말했다.

개인의 욕심은 국가의 잘못이다

필리핀 전국에서 벌어진 약탈. 그 사건은 파스쿠알을 통해 전 세계에 알려졌다.

정확하게는 노형진이 파스쿠알에게 몰래 촬영시킨 다음 세계복지재단을 통해 그 영상을 공개했다.

물론 이건 필리핀 정부의 실책이 아닌 각 지역 군 장교들의 욕심 때문에 벌어진 일이었다.

사실상 식량은 둘째 치고 마스크나 의약품 등 구호품은 필리핀 정부조차 공급하지 못하는 상황에서 시민들에게 마스크를 나눠 주고 있으니, 필리핀 군부의 부패한 장성들이 두고 볼 리가 없었던 것이다.

당연하게도 많은 장교들이 두둑하게 주머니 좀 채워 보자고 생각해서 구호품을 빼앗았고, 설사 그나마 올바르다고 하는 인간들조차도 지금 마스크가 필요한 건 민간이 아니라 군부대라고 생각해서 약탈을 자행했다.

전국적으로도 민간인 보급품이라고 생각해 구호품을 나눠 주도록 놔둔 장교는 그다지 많지 않았다.

당연하게도 그걸 들은 두에른은 머리가 아파 왔다.

"돌겠네. 아니, 왜 거기에 손댄 거야?"

"각 지역에 있던 부대에서도 코로나 확진자가 급증하고 있습니다. 일부 지역은 부대가 와해 수준이 되어 버렸습니다."

당연히 병력이나 전투력을 유지하기 위해서는 마스크나 의약품이 필요하다.

그런데 정작 필리핀 정부는 공급할 여력이 되지 않는다.

그러다 보니 필리핀 군부는 각자도생을 선택한 것이다.

"끄응. 이거…… 노린 것 같은데."

우연? 물론 우연일 수도 있다.

하지만 세계복지재단 놈들은 한국의 입김을 강하게 받는 놈들이다.

그런 놈들이 이렇게 순순히 지원품을 빼앗겼다?

"그게 이상합니다. 아시겠지만 세계복지재단 놈들은 자신들의 지원품을 빼앗기고도 가만히 있을 놈들이 아닙니다."

세계복지재단의 기조는 간단하다.

너희끼리 대가리에 총질하는 건 말리지 않는다. 하지만 우리 보호하에 들어온 사람을 건드리려고 하진 말아라. 그러면 너희는 죽는다.

실제로 그걸 몰랐던 일부 반군이 세계복지재단의 마을에 침략해서 소년병들을 보충하려고 한 적이 있었다.

그때 그들의 머리 위로 떨어진 건 어마어마한 폭탄이었다.

드론들이 날아다니면서 반군들의 머리 위로 폭탄을 떨구었고, 정규군도 아닌 반군이 그걸 이겨 낼 방법은 없었다.

일부 병력이 살아남았다곤 하지만 이미 세가 꺾인 상황이기에 다른 반군들이 그들을 살려 두지 않았다.

일부에서는 그런 무인 병기에 대한 강한 거부감으로 욕하기도 했지만, 세계복지재단의 논조는 단호했다.

그러면 그들에게 죽은 민간인들과 그들에게 끌려간 민간인들의 인권은 누가 지켜 줄 것인가?

실제로 소년병들은 자신들의 부모를 죽인 원수들의 명령에 따라 누군가를 죽여야 했으니까.

'아이러니하게도 그 전략이 전 세계적으로 난민 숫자를 줄였고.'

원래 역사에서는 전 세계로 어마어마한 난민이 퍼져 나가면서 특히 유럽에서 난민 문제로 별의별 문제가 터졌었다.

하지만 지금은 난민 문제로 머리를 싸매던 와중에 갑자기 난민의 숫자가 줄어들어서 유럽에서 자체적으로 조사해 보니 세계복지재단이 보호하는 마을이 난민을 흡수하고 있다

는 사실이 발견되어, 복지재단에 대한 지원을 대폭 늘리는
쪽으로 방향을 바꿨다.

심지어 복지재단이 자선단체임에도 불구하고 자위용 방어
무기에 대한 판매 승인도 해 주었는데, 그 덕분에 전처럼 암
시장에서 무기를 구입할 필요조차 없게 되었다.

반군 입장에서는 방어가 잘된 마을을 습격해서 얻을 수 있
는 건 소량의 식량과 소년병 정도뿐인데, 이걸 뚫으려면 최
소 연대급 이상의 병력이 죽어 나자빠져야 하다 보니 차라리
손대지 않는 게 낫다고 생각했고, 그 결과 전쟁의 규모 역시
크게 줄어들었다.

그런데 그런 무장 세력이나 마찬가지인 세계복지재단이
식량과 마스크를 빼앗기는 걸 그냥 두고 보았다?

"우리나라가 아무리 안정적이라고 해도……."

물론 필리핀은 그런 나라들과는 다르다. 최소한 일부 반군
을 제외하면 그럭저럭 치안은 유지된다.

그리고 반군 중 가장 큰 세력인 공산당은 비무장을 선언했
다. 그러니 무장할 필요가 없다고 할 수도 있다.

"하지만 영 꺼림칙한데……."

"그러면 어떻게 할까요? 약탈한 장교들을 처형할까요?"

"한두 명도 아닌데 그들을 어떻게?"

하위 장교 몇 명만 죽이면 해결되는 문제가 아니다. 제대
로 처벌하려면 장성급들 모가지가 절반은 날아가야 한다.

그리고 지금 같은 상황에서 그런 일이 벌어지면 군 세력이 자신에게 등을 돌리게 될 건 불 보듯 뻔한 일.

"일단은 두고 봐."

"각하, 진심으로 드리는 말씀입니다만…… 그놈들을 처벌하는 게 어떻습니까?"

"장군들을 처벌하자고?"

"아니요. 장군 말고, 한국인을 납치 살해한 놈들 말입니다. 이게 모두 거기서 시작되었다는 느낌이 강하게 듭니다."

그 말에 두에른은 눈을 찡그렸다.

물론 그도 그걸 느끼고 있다.

"헛소리하지 마."

하지만 그럴 수는 없다.

가장 큰 지지 세력인 그들을 처형하면 내부의 반발이 장난이 아닐 테니까.

"어차피 코델09바이러스 시즌이야. 한국에서 우리한테 복수할 방법은 별로 없어. 돈? 그거 안 주면 중국에 달라고 하면 그만이고. 그리고 한국 놈들은 호구야. 어차피 가만히 있으면 금방 다 잊어버리고 세계 평화 운운하면서 간이고 쓸개고 다 빼 줄 놈들인데 우리가 왜 숙이고 들어가?"

그렇게 말하는 두에른은 거의 확신하는 눈치였다.

그러자 보좌관은 다음 말을 속으로 꿀꺽 삼켰다.

'하지만 노형진이라는 인간은 그런 인간이 아니니까 문제

인 겁니다.'

예상대로 바뀌는 건 없었다.

필리핀 정부는 세계복지재단의 항의에도 불구하고 자신들은 모르는 일이라면서 딱 잡아뗐고, 관련자의 처벌 요구도 무시로 일관했다.

"당연한 거 아닌가? 필리핀은 전쟁 중인 나라가 아닌데."

다른 나라는 정부 자체도 존재하지 않는 개판이지만 어찌 되었건 필리핀에는 정상적인 정부가 존재한다.

그리고 아무리 세계복지재단의 무력이 강하다고 해도 그건 반군 정도와 비교했을 때의 이야기지 필리핀과는 비교도 할 수 없다.

그리고 세계복지재단이 한 나라를 상대로 군사적 행동에 돌입하는 건 심각한 문제다.

그래서 복지재단은 마을이라는 형태를 가지도록 함으로써 스스로 보호하는 걸 선택한 거다. 최소한 그건 방어의 영역이니까.

"뭐, 알고 있습니다. 그리고 그 때문에 두에른은 가장 큰 지지 세력을 잃어버리게 될 겁니다."

"누구?"

"바로 국민이죠."

노형진은 씩 하고 웃었다.

필리핀은 독재국가일까?

물론 어느 정도는 맞다.

하지만 그렇다고 해서 완벽한 독재국가는 아니다.

인터넷을 자유롭게 쓸 수 있고, 대통령은 투표를 통해 뽑히니까.

그리고 가난한 나라에서는 강력한 대통령이 세상을 지배하면서 나라를 발전시키고 부패를 일소하기를 원한다.

특히 필리핀은 마약과 범죄 조직이 워낙 많다 보니 그걸 박멸하고자 하는 두에른에 대한 지지가 엄청날 수밖에 없다.

아무리 두에른이라고 해도 그러한 국민의 지지가 없다면 일개 독재자에 지나지 않는다.

자신은 독재자가 아니라고 스스로 어필한 게 바로 두에른이고, 그러한 그의 말이 국민들의 지지로 이어진 거다.

"재미있는 건 말입니다, 히틀러도 엄밀하게 말하면 독재자는 아니었다는 거죠."

사람들은 히틀러를 독재자로 기억하지만 그는 정당하게 선거를 통해 뽑힌 대표였다.

"정치에 관련해서 이런 말이 있습니다. 모든 국민은 자기 수준에 맞는 정치인을 가진다."

노형진의 말에 파스쿠알은 아무런 말도 못 했다. 틀린 말은 아니니까.

지금 대부분의 국민들은 마약과 범죄 조직에 억눌려서 꼼짝도 못 한다.

그걸 풀어 준다고 하니 응원하지만, 그 뒤에 진짜 권력을 가진 그들의 본모습을 모른다.

범죄 조직을 박멸한다?

정확하게 말하면 범죄 조직이 쥐고 있던 권력을 자기들이 회수한다는 말이 맞을 거다.

―그래서 그것과 중국과 무슨 관계가 있다는 거요?

"중국에서 답변은 왔습니까?"

―당연히 무시하지.

답변이 온다?

차라리 안 된다고 답변이라도 오면 다행이다. 최소한 대화할 상대로는 인식하고 있다는 소리니까.

그러나 정부도 아닌 필리핀 공산당 반군을 중국에서 사람 취급할 리가 없다.

"그렇군요."

노형진은 고개를 끄덕거렸다.

"그러면 이제 최종 작전을 시작해야겠네요."

–우리가 뭘 하면 되는 거요?

"아무것도."

노형진은 어깨를 으쓱하며 말했다.

"그저 기다리시면 됩니다. 그러다 기회가 오면 그걸 잡으시면 됩니다."

–기회?

"아마 아시게 될 겁니다."

노형진은 빙긋 웃었다.

중국에는 유튭이 없다.

정확하게는 유튭이 막혀 있어서 그 대신 요쿠라는 비슷한 중국 사이트가 스트리밍 시장을 다 잠식한 상황이다.

그곳에 얼마 전부터 한 가지 주제로 글이 올라오기 시작했다.

페미컨을 맛있게 먹는 법 같은 영상이었는데, 사람들 사이로 빠르게 퍼지기 시작했다.

조회 수가 100만을 넘어서 500만씩 나오기 시작했고, 사람들은 페미컨을 사다가 먹으면서 먹을 만하다고 평하기도 했다.

물론 이것만 보면 그저 흔하게 지나가는 하나의 유행이구나 하고 넘길 수 있을 것이다.

페미컨이야 구하려면 얼마든지 구할 수 있는 물건이니까.

하지만 그 일이 벌어진 장소가 중국이라면 이야기가 달라진다.

페미컨은 미국에서 인디언 방식으로 만들어 낸 보관용 음식이다. 당연히 중국에서 쉽게 구할 수 있을 리가 없다.

더군다나 전 세계가 코넬09바이러스로 인해 봉쇄된 상황에서는 더더욱 말이다.

그리고 그 상황에서 문제가 터졌다.

ㅡ해당 페미컨은 우리 세계복지재단에서 필리핀에 공급한 긴급 구호 식량입니다. 그런데 그게 왜 중국에 가 있습니까?

세계복지재단의 거친 반응.

이건 중국에서도 당혹스러울 수밖에 없는 일이었다.

사실 세계복지재단은 중국과 사이가 좋지 않다.

그럴 수밖에 없다.

중국은 막대한 뇌물을 통해 세계의 수많은 기구들을 지배하고 있는데, 새롭게 생긴 세계복지재단은 그러한 중국의 뇌물에 꼼짝도 하지 않았으니까.

도리어 그동안 중국이 지배하던 곳들과 대립 각을 세우며 중국의 지배력을 약화시켜 중국을 곤란하게 하고 있어서, 중국에서는 세계복지재단을 극도로 싫어했다.

당연하게도 이 페미컨이라는 물건은 애초에 중국에 들어

간 적이 없었다.

　―보다시피 이 물건들은 필리핀의 구호를 위해 긴급 제공한 것입니다. 페미컨뿐만이 아니라 마스크 그리고 의약품까지. 그런데 중국에 제공한 적이 없는 물건이 왜 중국에 가 있는 겁니까? 필리핀의 군부가 나서서 해당 물품을 압수했는데, 그 물건들의 유통 라인이 확인되지 않고 있더군요. 설마 필리핀 군부가 해당 물품들을 모두 중국으로 넘긴 겁니까?

　의외의 상황.

　실제로 페미컨은 공식적으로는 중국을 제외한 최빈국들에만 뿌려진 상황이었다.

　그런데 그중에서 유통 상황이 확인되지 않은 곳은 오로지 필리핀뿐이었다.

　그도 그럴 게, 세계복지재단의 '안전 마을' 위주로 제공된 상황인 데다가 힘이 약한 최빈국 정부에서는 현실적으로 그걸 빼앗을 수가 없기 때문이다.

　만약 빼앗으면 반군들의 기세가 강해질 테고, 반대로 반군들은 자칫 빼앗다가는 자기들이 죽을 테니까.

　군부대나 정부 세력이 나서서 해당 페미컨을 비롯한 구호품을 압수한 건 오로지 필리핀이 유일했기에 모든 화살은 필리핀으로 향했다.

　당연하게도 이는 필리핀 정부에 치명타로 다가왔다.

　필리핀은 두에른이 지배하고 있기는 하지만 유톱이나 인

터넷은 멀쩡하게 굴러가니까.

　-그러니까, 우리가 먹을 걸 빼앗아서 중국에 팔아먹었다는 거네?

　-마스크에 의약품에. 지금 국민들이 코델09바이러스로 얼마나 죽어 나가는지 알긴 하는 거야?

　-지금 섬 지역에서는 굶어 죽는 사람들이 속출하고 있다고. 그런데 그걸 빼앗아서 중국에 넘긴 거야?

　인터넷은 난리가 났다.

　자신을 위해 일한다고 생각했던 사람이 도리어 배신자라면 극도로 화가 날 수밖에 없다.

　"이게 어떻게 된 거야?"

　두에른은 정신이 번쩍 들었다. 그도 그럴 게, 분위기가 심상치 않았으니까.

　식량과 마스크 그리고 의약품, 이 모든 건 국민들의 생존 문제가 걸려 있는 것들이다.

　이 소문을 들은 지역은 벌써 분위기가 이루 말할 수 없이 살벌해지고 있는 상황.

　"그게…… 확인은 해 봤습니다만, 중국에 팔아넘긴 사람은 없답니다."

　"장난해? 어? 이 미친 새끼들이 중국에 팔아먹었다고 인정하겠냐고!"

중국에 자국의 구호품을 팔아먹는다?

이건 진짜 심각한 문제다. 더군다나 하루에도 수천 명씩 죽어 나가는 판국에 말이다.

"일단 세계복지재단에 이야기해서 수량을 확인해 봤는데……."

"그런데?"

"수량이 안 맞습니다."

"그 말은?"

"아무래도……."

사실 그가 알고 있는 수량은 복지재단에서 조작한 거다.

당연히 원래 공급분보다 훨씬 많은 수량을 적어서 제공했으니, 아무리 군부대에 가서 확인해 본다고 한들 맞을 리가 없다.

물론 장군들이야 자기들은 억울하다고 주장하겠지만 무단으로 약탈한 건 그들이다. 그들의 말을 과연 누가 들어 줄까?

"이대로 가면……."

두에른이 눈을 찡그리는 그때, 밖에서 갑자기 다급하게 다른 보좌관이 들이닥쳤다.

"각하! 큰일 났습니다!"

"큰일? 무슨 큰일?"

"시위가 일어났습니다!"

"뭐? 어디서?"

"앙헬레스입니다!"

앙헬레스는 필리핀 최대의 환락 도시이자 관광도시 중 한 곳이다. 사실상 관광 하나만으로 굴러가던 도시가 바로 앙헬레스였다.

당연히 코델09바이러스가 터진 후에 바닥으로 처박혔다.

오히려 농촌 지역은 사람도 별로 없고 식량도 최소한이나마 자급이 가능하지만, 앙헬레스는 그러기가 어려웠다.

관광도시라 식량은 외부에 의지해야 하는데 사람은 엄청나게 많았으니까.

당연하게도 그곳은 페미컨을 비롯한 구호품의 최우선 공급지였다.

물론 그곳을 담당하는 장군이 싹 털어 갔지만.

그런데 털어 간 건 참을 수 있었던 앙헬레스 사람들이, 그걸 중국에 팔아서 자기 주머니를 채웠다는 사실에 폭발한 것.

"이런 젠장. 당장 군을 동원……."

진압을 명하려던 두에른은 말문이 막혔다.

그렇게 되면 이 일은 끝도 없이 커질 거라는 걸 깨달은 것이다.

자신은 국민들의 지지를 기반으로 권력을 잡았다. 그런데 그런 상황에서 국민들을 강제 진압한다?

생존 물품을 중국에 넘겼다는 의심을 받고 있는 자신에 대한 지지는 바닥을 칠 거다. 그리고……

'망했다.'

그대로 두면 전국에서 들고일어날 텐데, 모조리 강제 진압하면 자신은 독재자가 되어 버린다.

그렇게 되면 반군의 세력이 엄청 커질 거다.

아니, 반군이 문제가 아니다. 당장 지금 자신을 색안경을 끼고 바라보는 유럽이 문제다.

필리핀은 가난한 나라라 외부의 지원에 많이 기대고 있다. 하지만 강제 진압을 하면 당장 외부에서 지원을 끊을 거다.

물론 중국에서도 막대한 지원을 받고 있긴 하지만…….

"그리고 이게…….""

"이게 뭔데?"

"인터넷에 돌고 있는 자료입니다."

"자료?"

두에르는 자국 내 식량과 방역용품을 중국에 건네는 조건으로 1천만 달러를 받았다.

"미친!"

1천만 달러. 한화로 약 118억 원.

절대 적은 돈이 아니다.

문제는 실제로 필리핀이 중국으로부터 1천만 달러를 받았다는 것이다.

정확하게는 두에른이 아니라 필리핀이 받은 돈이다.

두에른이 무차별적인 범죄자 사살을 명령한 후 유럽에서는 인권 문제로 지원을 끊었지만, 중국 정부에서 친중 성향으로 국정을 운영한다는 조건으로 지급한 게 바로 그 천만 달러다.

애초에 두에른이 바보도 아니고, 자국 내 식량과 방역용품을 중국에 줄 리가 없지 않은가?

하지만 현실은 중국에 해당 물건들이 가 있는 상황이고, 국민들은 그걸 자기 목숨을 팔아먹고 받은 돈이라고 인식할 거라는 거다.

"이 무슨……."

두에른은 소름이 돋았다. 마치 모든 게 자신을 지옥으로 끌고 가는 느낌.

"이거…… 설마…… 한국 놈들 짓이야?"

그 순간 드는 생각은 '한국'.

그 모습을 본 보좌관은 긴 한숨을 쉬었다.

"각하, 이미 몇 번이나 말씀드리지 않았습니까? 한국이 아니라 미다스나 마이스터의 짓일 거라고요. 정확하게는 노형진이라는 그 대변인의 짓이겠지만."

"우리가 뭔 짓을 했다고!"

"기억 안 나십니까? 그들과의 약속을 깬 건 우리입니다."

보좌관은 오늘만큼은 입을 열기로 했다.

두에른이 두려워 입을 다문 결과가 필리핀의 몰락이 되었다는 상황이 그를 움직이게 한 것이다.

시위? 있을 수 있다.

하지만 사람이 모인다는 것 자체가 결국은 코델09바이러스의 확산을 가속화할 게 뻔하다.

그렇다고 해서 미국이나 유럽처럼 중국의 사주를 받은 거냐고 할 수도 없다. 필리핀은 친중 성향의 정권이니까.

결과적으로 시위를 막을 방법은 강제해산뿐.

그러나 그건 더더욱 국민들을 빡치게 할 거다.

"이런⋯⋯."

두에른은 정신이 멍해졌다.

물론 그도 정치인으로 수많은 사선을 넘어 왔고 수많은 속임수에 당해 왔다.

그러나 이렇게 완벽하게 함정에 빠진 적은 없었다.

"이 경우에 해결 방법은?"

"하나뿐입니다. 관련 책임자들을 전원⋯⋯ 총살⋯⋯하는 것뿐입니다."

"총살⋯⋯이라고?"

"그렇습니다."

마약 사범에 대해서도 무차별 살인 허가를 내준 두에른이다.

그런데 국민들의 생명이 될 식량과 방역용품을 중국에 팔아먹은 장성들을 그냥 둔다?

그러면 국민들은 두에른을 버릴 거다.

가벼운 처벌도 안 된다. 결국 남은 방법은 하나뿐.

"한국과…… 연락을 해야겠어."

방법이 없었다. 두에른은 한국과 협상을 해 볼 생각이었다.

"노 자문 위원, 이제 그만하게."

"저 자문 위원 그만뒀습니다, 대통령님."

노형진은 박기훈의 말에 단호하게 선을 그었다.

"진짜 필리핀을 망하게 할 생각인가?"

"국제적인 원칙과 약속도 지키지 않는다면 망해야지요."

"그렇게 극단적으로 말할 일이 아니지 않나?"

"우리가 무장을 포기하라고 했습니까, 땅을 내놓으라고 했습니까? 범죄자를 처벌해 달라는 겁니다. 법과 원칙에 따라서요. 거절한다면 싸워야지요."

박기훈은 노형진의 말에 할 말이 없었다.

사실 한국 정부에서 한 게 아니라 노형진이 단독적으로 하는 일이라 말리는 것 말고는 그가 할 수 있는 일도 없다.

"우리와 척지더라도 말인가?"

슬쩍 위협해 보는 박기훈.

그러나 그런 박기훈의 말에 노형진은 코웃음을 쳤다.

"애초에 싸움이 된다고 생각하십니까? 제가 정치적 위협을 당했다고 미국으로 귀화하고 모든 투자를 뺀다고 해 볼까요?"

그 말에 박기훈은 소름이 돋았다. 그랬다가는 한국에 두 번째 IMF가 올 테니까.

"후우…… 알았네. 그러면 그놈들 모가지만 따 주면 되는 건가?"

"그건 아니죠. 여기서 그것만으로 물러나면 우리가 병신 되죠."

"그러면?"

"셋업 범죄를 저지르는 놈들에 대한 전원 사형."

"무슨 말도 안 되는 소리야! 고작 그걸 가지고!"

"고작이 아니죠. 얼마나 많은 한국인들이 매년 필리핀에서 셋업 범죄로 당하는지 모르시지는 않을 텐데요?"

다른 나라와 다르게 셋업 범죄는 한국인 피해자가 많다.

그도 그럴 게 셋업 범죄가 터지면 일단 사건을 해결하기 위해 노력하는 다른 나라 대사관과는 달리 한국 대사관은 막을 생각조차 하지 않기 때문이다.

셋업 범죄라는 게 사실 뻔하다. 마약이나 총알을 피해자의 가방에 몰래 숨기는 거다. 큰 건 뭘 어찌할 수가 없으니까.

그런데 유독 한국 대사관은 셋업 범죄에 엮였다고 해도 알아서 하라고 방치만 한다.

심지어 대한민국 대사라는 놈이 피해자에게 찾아가서 '감옥에서 영어를 배울 수 있는 좋은 기회다.'라고 말할 정도로 한국의 대사관은 국민들의 안전에 관심이 없다.

물론 필리핀에도 새론의 지점이 있지만 자국 대사관이 방치하는데 과연 타국의 법원인 필리핀 법원이 공정하게 판단할까?

애초에 법원도 셋업 범죄인 걸 안다. 셋업 범죄의 유형은 확실하게 정해진 상황이니까.

관광 목적으로 들어온 사람의 가방에서 갑자기 전혀 쓸데 없는 총알이 나올 리도 없거니와 마약중독자도 아닌데 가방에서 마약이 나올 리가 없다.

그러니 필리핀의 법원에서도 이게 대충 셋업 범죄라는 걸 알지만 유죄를 때린다.

왜냐, 그러라고 경찰들이 뇌물을 주기 때문이다.

"애초에 셋업 범죄가 가능한 이유는 법원이 셋업인 걸 알면서도 모른 체하기 때문입니다."

공권력 자체가 부패해서 하나의 범죄 조직으로 굴러가는데 판결이 제대로 내려질 리가 없다.

"그래서 셋업 범죄를 저지르면 사형시키라고?"

"현재 필리핀 정부에서 불가능한 건 아닐 텐데요?"

박기훈은 그 말에 눈을 찡그렸다.

하지만 어쩔 수가 없었다. 진짜 이러다가는 필리핀이 무너

지게 생겼으니까.

두에른조차도 전화해서 제발 중재해 달라고 하는 상황이
아니던가?

"그래, 그 조건을 받아들이지."

"아, 물론 그 새끼들 모가지도 따야지요."

노형진의 말에 박기훈은 쓰게 웃었다.

그도 그럴 게 노형진은 변호사라 저런 강한 표현을 잘 쓰
지 않았으니까.

그럼에도 불구하고 저런 표현을 쓰는 건, 이번에도 약속을
지키지 않으면 진짜로 필리핀을 무너트리겠다는 소리다.

"알겠네. 그런데 이 문제는 어떻게 해결할 건가? 국민들이
벌써 들고일어났는데."

"제가 알 바 아니죠."

"뭐?"

"장군들을 총살시키고 사태를 수습하는 건 두에른 대통령이
할 일입니다. 물론 제가 약간의 도움을 줄 수는 있겠지만요."

노형진은 빙긋 웃었다.

⚖️

두에른은 결국 항복했다. 그는 명령을 내려서 이번 일과
관련된 모든 장성과 장교에 대한 처형을 집행했다.

"두에른 죽일 거다."

"저주할 거다, 두에른!"

끌려가면서 고래고래 소리를 지르는 장성들.

그러자 한때 그들의 부하였던 병사들은 그들을 군홧발로 차 버렸다.

"개 같은 새끼들."

"너를 직접 쏴 죽일 수 있어서 다행이다."

두에른은 이걸 조용히 처리하지 않았다. 조용히 처리하기에는 일이 너무 커졌으니까.

아예 대대적으로 국민들에게 홍보했다. 이 아이디어는 노형진이 내준 것이었다.

노형진의 아이디어는 대대적으로 사형집행인을 구하라는 것이었는데, 그 황당한 전략에 두에른은 미심쩍어했지만 확실하게 효과가 있었다.

"죽여! 죽여라!"

"개 같은 놈들을 죽여라!"

장교와 병사는 친할 수가 없다.

한국에서 하는 말이 있지 않은가? 병사의 주적은 간부다.

필리핀이라고 해서 별반 다르진 않다.

더군다나 장군은 진짜 그 주적의 수괴쯤 되는 거다.

병사들은 일반 국민이고, 그들은 지금 가족들이 굶어 죽어 간다는 고통에 걱정하지 않을 수가 없었다.

그러니 구호품을 빼앗아 가서 중국으로 넘겨 버린 장군들을 용서할 수 있을 리가 없었다.

당연히 사형을 집행하겠다고 나선 병사들이 많았다.

그리고 그건 의외의 효과를 불러왔다.

"놔라! 놔!"

총살의 대상이 된 장군 하나가 몸부림치면서 끌려나왔다.

그 옆에는 노형진이 죽이고자 했던 놈들이 줄줄이 묶여 있었다.

일사부재리에 따라 다시 한번 같은 죄로 처벌은 못 하지만 두에른이 그들에게 빼돌린 식량과 방역용품을 처분한 죄를 뒤집어씌워, 결국 처형의 대상이 된 것이다.

그리고 그들은 살기 위해 쿠데타를 일으키려고 했었다.

하지만 병사들에게 먼저 상황을 설명하고 집행인을 모집한 상황에서 장군들의 말에 따라 반란에 끼어들 하급 장교나 병사는 없었고, 도리어 그들은 순식간에 반란 혐의로 제압되었다.

그 덕분에 그들은 온갖 욕을 먹으면서 총살의 대상이 되어서 국민들의 화를 풀어 주는 역할을 맡아 버렸다.

그동안 코델09바이러스와 경제 위기로 스트레스를 받던 국민들은 그들의 행동에 폭발했고 그 덕분에 시위는 자연스럽게 사라졌다.

"놔라! 이 미천한 것들아!"

"살려 주세요! 살려 주세요. 다시는 안 그러겠습니다."

"으아…… 두에른! 내가 널 용서할 것 같으냐!"

총살이 결정된 놈들은 피로 가득한 처형장으로 끌려가면서 몸부림쳤다.

먼저 처형된 사람들의 피가 바닥에 흥건한 것을 보고 미쳐 날뛰는 것이다.

"내가 한 게 아니야! 두에른이 시킨 거야! 그 새끼가 시킨 거라고!"

살려 달라고 비는 사람, 저주하는 사람, 물귀신 작전을 쓰는 사람 등등 많은 사람들이 있었지만 누구도 그들의 말에 신경 쓰지 않았다.

"기분이 묘하군."

파스쿠알은 그들을 보며 입맛을 다셨다.

노형진은 이 상황을 직접 보러 올 수가 없었다. 그래서 대리인으로 내세운 것이 바로 파스쿠알과 공산당이었다.

물론 두에른은 불쾌해했지만, 방법이 없었다.

세계복지재단에서 공산당을 통해서만 지원을 계속하겠다고 한 상황에서 공산당을 공격하면 싸움에 끝이 없으니까.

물론 공산당도 무력 투쟁을 포기하고 정당정치를 하겠다고 선포해야 했다.

이제는 두에른의 정치적 기반이 확 줄어들면서 그 대신에 공산당에 가입한 사람들이 늘어난 덕분이었다.

두에른은 한 번의 실수로 가장 강력한 지지 기반인 국민들의 의심을 받기 시작했고, 공산당은 유럽과 미국 등 반중국 세력의 지원을 받을 수 있게 되었다.

"우리가 언제 이렇게 지지받은 적이 있었나?"

"없었죠."

끌려가는 장군들을 보면서 쓰게 웃는 파스쿠알.

공산당 반군을 만들고 정부군과 싸우면서 대대장 하나 죽이는 것도 힘들었는데 지금 눈앞에서 죽어 나자빠진 장군만 벌써 열 명이 넘는다.

"회의감이 드는군."

"이번 일로 진짜로 무력 투쟁은 포기해야 할 것 같습니다."

"그래야 할 것 같아."

부하의 말에 파스쿠알은 고개를 끄덕거렸다.

그때 끌려가던 장군 한 명이 처절한 비명을 질렀다.

"너희들, 내가 누군지 알아! 내가 죽으면 중국에서 가만히 있을 것 같아! 어! 중국에서 가만히 있을 거 같냐고!"

"저놈은 뭔데 저런 헛소리를 하는 거야?"

이 상황에서 중국을 입에 담는 건 도리어 최악의 선택이었다. 모든 필리핀 사람들이 중국에 분노하고 있으니까.

"친중파의 거두라고 하더군요."

"그쪽에서 얼마나 받아먹었으면 저런 소리를 하는 건지."

파스쿠알은 고개를 절레절레 흔들었다.

    그러나 사형을 집행하던 중위는 그 말을 듣고 분노에 눈이
돌아갔다.

    "잠깐 대기!"

    "네? 하지만 저놈을 당장 죽여야지요!"

    분노한 병사들이 언성을 높이자 그는 차갑게 말했다.

    "이놈에게는 자비가 필요 없다. 손과 발부터 쏴 버려."

    "네?"

    "너무 쉬운 죽음은 자비다. 손과 발부터 정강이, 허벅지까
지 한 방씩 쏘면서 올라간다."

    절대 한 번에 죽이지 않겠다는 중위의 말에 병사들은 흡족
한 표정이 되었다.

    그리고 잠시 후 사형장에서는 남들과 다른 의미의 외침
이 울려 퍼졌다.

    "죽여 줘…… 제발 죽여 줘."

    하지만 누구도 그 말을 들어줄 생각은 하지 않고 그 장군
을 차갑게 바라볼 뿐이었다.

⚖

    "어이가 없군."

    필리핀에서 장군들이 총살형을 당했다는 소식을 전해 들
은 송정한은 기가 막혀서 혀를 끌끌 찼다.

"다른 곳도 아닌 공산당을 민주주의국가에서 지원하게 되는 일이 벌어지다니."

안 그래도 두에른이 친중 성향으로 다른 나라들의 신경을 긁자 이에 짜증을 내던 미국과 유럽 등은 공산당에 지원을 몰아주기 시작했고, 이제 필리핀은 전처럼 마음대로 친중 성향을 드러낼 수는 없게 되어 버렸다.

"역사에 영원한 적도, 영원한 아군도 없다고 하죠."

노형진은 어깨를 으쓱하며 말했다.

"덕분에 한국도 시간이 지나면 필리핀과 관계가 회복되겠지."

원래 역사에서는 한국과 필리핀은 계속 사이가 틀어진다.

어쩔 수가 없는 게 두에른은 한국을 호구 취급했고, 일부 필리핀 정치인과 유투버들이 그런 한국 혐오를 기반으로 권력을 쟁취하려고 했으니까.

하지만 두에른이 셋업 범죄에 대한 대대적인 총살을 발표하자 경찰이고 법원이고 입을 다물고 반한 감정을 감추느라 전전긍긍했다.

장군들 대가리가 터져 나가는데 일개 경찰 따위가 살아남을 수 있을 리가 없으니까.

"그리고 이 상황에도 인간은 후안무치하고 말이지."

송정한은 쓰게 웃으며 말했다.

"인간이란 참으로 잔인한 존재지요."

노형진 역시 쓰게 웃을 수밖에 없었다.

뻔뻔함이 하늘을 찌르네

후안무치라는 표현이 있다. 그리고 그 표현은 사회에서 자주 쓰이는 말이다.

"잘 부탁드립니다!"

"그렇게 얼어붙지 않아도 된다니까요."

노형진은 힐끔 김승연 변호사를 보았다.

"아닙니다. 그래도 이번 사건에서 많이 배울 수 있을 것 같습니다!"

"그렇게 얼어붙지 않아도 배울 수 있으니까 일단 와서 앉아요. 사건 분석이나 합시다."

"넵!"

김승연은 재빨리 맞은편에 앉았고, 노형진은 그녀가 가지고 온 서류를 확인했다.

보통은 각자 알아서 하는 분위기지만 다른 변호사가 힘들다고 판단하면 노형진에게 종종 사건을 가지고 온다.

이 사건도 그런 사건 중 하나였다.

"이야, 개뻔뻔한 놈이네, 이거."

"그런데 기존 판례를 보면……."

"알아요, 압니다."

노형진은 고개를 끄덕거렸다.

"이런 사건에서 피해자는 절대 못 이기죠."

인간의 잔인한 습성과 욕심이 드러나는 사건이었다.

소위 말하는 뒷바라지 사건.

"쯧쯧, 뭔 생각을 하는 건지."

사건 내용 자체는 간단했다.

한 커플이 있었다.

남자는 중소기업에 다니는 직장인, 여자는 5급 공무원을 준비하는 공시생.

두 사람은 교내 커플이었고 남자는 졸업 후 취업을 했으며 여자는 공무원 시험을 준비했다.

여기까지는 문제 될 게 없었다.

공무원 시험 준비 내내 남자는 여자를 뒷바라지했다. 학원비를 내주고 생활비를 대 주고 심지어 서울에서 생활할 방까지 구해 줬다.

그리고 여자는 당당하게 5급 시험에 합격.

"여기까지는 참 좋은데 말이죠."

"네, 그 후가 문제입니다. 그런데 이게 방법이 없더라고요."

"없죠, 현재로서는."

무려 4년간 남자는 여자의 시험을 뒷바라지했다. 당연히 자신이 벌던 모든 수익을 가져다 바쳐야 했다.

중소기업에서 나오는 돈이야 뻔하니까.

남자의 부모님들도 두 사람이 결혼할 거라 생각해서 말리지 않았다.

"화려하게 뒤통수를 쳤군요."

그런데 5급 공무원이 된 여자가 돌변했다.

정확하게는, 자신은 무려 5급 공무원인데 중소기업 다니는 남편은 급이 안 맞는다고 결별을 선언한 것.

"단순히 결별만 선언한 것도 아니고……."

이제 5급 합격도 하고 했으니 결혼하자고 남자가 청혼했지만 여자는 결혼을 차일피일 미루었다. 그러다가 결별 선언.

"그런데 이미 결혼식을 준비 중이었다고요?"

"네."

결별은 둘째 치고 괘씸한 것은 이미 여자는 조직 내부에서 4급 공무원을 만나서 교제 중이었고 심지어 스드메, 그러니까 스튜디오, 드레스, 메이크업까지 모두 준비한 상황에서 결별 선언을 한 것이었다는 거다.

"종종 이런 일이 있지요."

노형진은 씁쓸하게 김승연을 보며 말했다.

공부라는 건 전혀 생산적인 활동이 아니다. 마치 군대처럼 끊임없이 소비만 하는 집단이 바로 고시생들이다.

당연히 누군가에게서 지원을 받아야 그 생활을 유지할 수 있다.

물론 대부분의 경우 부모님이 지원해 주지만 종종 연인이 지원해 주는 경우가 있다.

그런데 그 결과가 '둘이서 잘 먹고 잘 살았습니다.'라는 해피엔딩이라면 좋겠지만, 그렇게 고시 공부를 해서 합격하면 거기에 고마워하는 게 아니라 도리어 자신을 지원해 준 사람에게 은혜를 원수로 갚기도 한다는 게 문제다.

"문제는 기존 판례는 이런 경우에 책임을 묻지 않는다는 건데."

노형진은 턱을 문질렀다.

사람들의 일반적인 관점과 법률의 관점이 다른 법들이 종종 있는데 이 경우가 대표적인 예다.

엄밀하게 말하면 이건 증여로 보고, 사전에 조건이 없는 증여라고 한 경우 환수가 불가능하다.

결혼을 한 것도 아니고 단순 교제만 한 거라면 이별의 영역 역시 헌법상 성적 자기 결정권의 영역에 들어가기에 책임을 물을 수 없다.

"네, 그래서 저도 머리가 아파서요. 이런 사건이 아주 많은 건 아닌데 종종 있더라고요."

상대방을 악착같이 빨아먹은 후에 자기가 성공하면 버리는 이야기는 흔하다 못해 넘쳐 난다.

"도대체 왜 법원에서는 그딴 식으로 판결하는지 모르겠어요."

"성공해서 상위 계층에 들어갔지 않습니까? 그러니까 뭐, 자기편이라고 생각할 수도 있고요."

"진짜로 그렇다고 생각하세요?"

"뭐, 아니라는 보장은 없지 않습니까?"

상식적으로 결혼도 하지 않은 대상에게 돈을 지원해 준다는 것 자체가 일반인 기준으로는 성공하는 것은 물론 자신과 함께하는 걸 조건으로 하는 행위라는 것쯤은 명확하게 알 수 있다.

장기적으로 헤어질 걸 예상하는 사람이 지원을 해 줄 리는 없으니까.

하지만 대한민국 사법부는 계약서가 없으니까 무조건적인 증여라는 포지션을 유지하면서 배상 책임을 물리지 않는다.

"솔직히 말해서 성공한 내부인과 이제는 인생을 조져 버린 외부인 중 누구를 보호하고 싶으세요?"

"너무 극단적인 시각 아닌가요?"

"극단적인 시각이라……."

노형진은 그 말에 머리를 긁으며 말했다.

"옛날이야기를 보면 말입니다, 이런 사건의 주요 배신자들의 직업이 뭐라고 나왔던 것 같나요?"

"글쎄요."

"판사, 검사, 변호사 등등 사법연수원 출신들이 죄다 이 지랄이었거든요."

"사법연수원요?"

"당연한 거죠."

정치인? 애초에 한국에서는 기반이 없으면 정치는 시작도 못 한다.

의사? 의사는 6년제 대학을 나와서 인턴과 레지던트 과정을 거쳐야 한다. 당연히 개인이 지원하기 힘들다.

"보통은 사법연수원에 가면 이런 지랄맞은 일이 벌어졌죠."

오로지 자신의 공부와 능력에 기반한 시험 하나로 인생이 바뀐다.

그리고 사법연수원에 들어가면 일단 소위 말하는 마담뚜들이 달라붙어서 쟁쟁한 집안의 자녀들을 소개해 준다.

"그리고 그런 판결을 내리는 건 결국 법관들이죠."

노형진의 말에 김승연의 눈동자가 흔들렸다.

사실 법적으로 보면서 상식에 반하는 판결이라는 생각은

했었다. 하지만 그 안에 그런 문제가 존재할 거라고는 생각하지 못했다.

"의사 같은 경우는 애초에 이런 경우가 드문 게, 대부분의 의사들은 6년제 대학에 다니면서 비슷한 사람들끼리 만나니까요."

거기다 인턴과 레지던트까지 하면서 자연스럽게 끼리끼리 만나는 기간이 엄청 길기에 사법연수원처럼 승리자들이 모이는 구조가 아니다.

"그런데 사법연수원은 그렇지 않으니까요. 그리고 이건 공무원도 마찬가지고."

승리자가 되면 이제는 과거와는 다른 세계에 산다는 생각이 들 수 있다.

그러니 과거의 인연이 더럽고 끈질기고 지워 버리고 싶다는 생각도 들 수 있다.

"물론 이건 제 개인적인 생각입니다. 확실한 법리적인 판단이 아니라요. 뭐, 법적인 해석은 무조건적인 증여라고 하고 있으니까요."

그리고 현재는 그걸 뒤집을 수 있는 방법이 없는 것이 사실이다.

"그러니까 이건 재판해도 못 이기죠."

노형진은 안다는 듯 고개를 끄덕거렸다.

이건 노형진이라고 해도 이기기가 어렵다.

이미 답이 명확하게 나온 사건이고 수십 년 동안, 아니 대한민국의 건국 이후 언제나 동일한 답을 내 왔던 사건이다.

"사실 이런 경우는 시간은 둘째 치고 말입니다, 돈이라도 돌려받으면 그나마 다행인 거죠."

"네, 그쪽도 똥 밟았다고 생각하고 돈이라도 돌려받으려고 하는 거고요."

"문제는 돈이 적지 않다는 거죠. 지금 돌려줘야 하는 돈이 얼마죠?"

"대략 1억 2천입니다."

"엄청나네요."

"학원비에 생활비까지 모두 남자가 부담했거든요."

"뭐, 이해는 갑니다만."

한 사람을 무려 4년간이나 지원했다?

그러면 먹고사는 것만 해도 적잖이 든다. 그런데 거기다가 생활비와 학원비까지 하면 어마어마하게 돈이 든다.

"감정적으로 상대방을 몰락시키고 싶은 건 아니고요?"

"뭐, 더럽다고 생각해서 그냥 돈 받고 끝내고 싶어 했습니다. 나이가 있으니 자기는 그 돈으로 새롭게 시작하겠다고요."

"하긴."

남자의 나이는 올해 서른 살. 여자의 나이는 스물여덟 살.

남자가 새롭게 시작하기에는 늦은 나이도 아니다.

"더군다나 회사가 작은 것도 아니고."

중소기업이기는 하지만 엄밀하게 말하면 스타트업으로 분류될 만한 회사다.

지금은 성장 코스에 들어가서 조금씩 안정을 찾아가는 상황.

그래서 스타트 멤버인 남자도 좋은 대우를 받고 있다.

"그러니 좋은 사람을 만나고 싶다라⋯⋯."

"네."

"하지만 솔직히 말해서 그렇게 돈만 받는 건 불가능합니다."

노형진은 상대방의 답변서를 확인하면서 말했다.

돈을 돌려 달라는 소송에 여자는 증여라고 주장하며 변호사를 선임했다. 즉, 돈을 주지 않겠다는 소리다.

"그런데 아무리 판례를 뒤져도 이길 방법이 없어 보이더라고요."

"흠⋯⋯."

노형진은 잠깐 고민했다.

하긴, 이런 고민을 했던 사람이 노형진뿐일까?

그럴 리가 없다.

"좋습니다. 한 가지만 말하죠. 소송으로는 돈을 못 받습니다."

"역시 그런가요?"

"대신에 상대방을 압박해서 돈을 받아 낼 수는 있습니다."

"네? 하지만 저쪽은 이미 돈을 주지 않으려고 수작을 부리고 있는데요."

노형진은 그 말에 고개를 끄덕거렸다.

"그래서 제가 아까 감정에 대해 물어본 겁니다. 그냥 깨끗하게 이별하고 잊고 싶다면 돈은 포기해야 합니다. 하지만 개싸움을 하고 상대방을 파멸로 몰아가도 괜찮다면 돈을 받을 가능성이 있습니다."

"상대방을 파멸로 몰아가요?"

"네."

그 말에 김승연은 궁금증이 생겼다.

수십 년 동안 수많은 사람들이 이런 재판을 했지만 못 이겼다. 그런데 돈을 받아 낼 방법이 있다니?

"의뢰인에게 한번 물어보겠습니다."

"네, 하지만 빨리해야 할 겁니다. 시간이 별로 없으니까요."

⚖️

노형진이 그렇게 말하고 얼마 지나지 않아 의뢰인이 마음을 굳히고 찾아왔다.

"정희찬입니다. 방법이 있다고 들었습니다."

김승연 변호사와 같이 온 정희찬은 얼굴이 굳어 있었다.

사실 그는 새론에 오기 전에도 여러 곳을 가 봤지만 이기지 못한다는 이야기를 들어서 반쯤 포기하는 심정으로 새론에 소송을 의뢰한 것이었다.

"이야기를 들으셨는지 모르지만 이 사건은 말로는 안 됩니다. 극단적인 방법을 써서 싸워야 합니다."

"들었습니다. 그러면 해야지요."

"감정적으로 힘들지 않으시겠습니까?"

"힘들지 않을 리가 없죠. 하지만 먼저 배신한 건 요희니까요."

송요희. 이번 사건의 가해자이자 현재 결혼을 준비하는 사람이었다.

"뭐, 사랑의 감정이 남아 있다거나."

"사랑요? 이 꼴을 보면서도 그런 감정이 남겠습니까?"

정희찬은 자신의 핸드폰을 노형진에게 건넸다.

거기에는 송요희가 정희찬을 저주하면서 구질구질한 남자라고 욕한 내용이 가득했다.

"돈 달라고 하니 이 지랄이더군요. 그리고 법대로 하라고."

"이미 알아봤나 보군요."

'하긴, 대부분 이런 짓거리 하는 놈들은 알아본 후에 이 지랄이지.'

그래야 자신이 안전해지니까.

"네, 그리고 저한테 접근 금지명령까지 내렸습니다."

죄목은 스토커.

"아마 그럴 겁니다. 그래야 새신랑에게 변명할 게 있을 테니까요."

정상적인 남자라면 연인에게 4년을 뒷바라지받던 여자가 손절 치고 성공한 남자와 결혼하려는 사람이라는 걸 알고서도 결혼해 주려고 할 가능성은 높지 않다.

"뭐, 두 사람이 진심으로 사랑한다면 이해는 하겠지만, 글쎄요."

노형진은 부정적인 감정이 앞섰다. 왜냐?

남자는 4급 공무원이다.

즉, 기존에 충분히 결혼할 수 있는 여건을 가지고 있던 사람이라는 소리다.

그런데 그런 사람이 굳이 내부에서 사람을 만난다?

'안 봐도 뻔하지.'

그 남자도 자신과 비슷한 급을 원한 거다. 그중에서도 그나마 외모가 되는 사람을 골랐을 테고.

"그래서, 그 남자와는 어떻게, 이야기해 봤습니까?"

"억울해서 찾아갔다가 한 방 맞았습니다. 경찰도 출동했고요."

"뭐, 그럴 목적으로 스토커로 신고한 걸 겁니다."

갑자기 찾아온 남자가 자신이 예비 신부와 교제하던 사람이라고 밝히면 결혼할 남자 입장에서는 미친놈이라고밖에 생각할 수 없다.

더군다나 스토커로 신고된 기록까지 있다면 미친놈 확정이다.

'여자가 머리를 잘 썼네. 하긴, 5급 합격할 정도의 머리라면 나쁘다고는 말 못 하겠지.'

다만 그걸 자신의 이익을 위해 쓴다는 게 문제지.

"이제 그 애 인생 같은 건 상관없습니다. 저만 잘 먹고 잘 살면 됩니다."

"좋습니다. 그러면 제가 방법을 알려 드리지요."

"어떻게 하면 되나요? 일단 찾아가서 깽판이라도 쳐야 하나요?"

"그럴 리가요."

노형진은 빙긋 웃었다.

"지금부터 우리가 할 건 간단합니다. 그녀가 성취한 모든 것을 무너트릴 겁니다."

"무너트린다고요?"

"일단은 해임부터 시키죠."

"네?"

해임이라는 말에 정희찬은 고개를 갸웃했다.

그도 그럴 게, 공무원이 된 것과 자신의 돈을 받아 내는 것이 무슨 관계가 있단 말인가?

하지만 노형진은 계획이 있었다.

"아시겠지만 송요희 씨가 공무원이 된 것이 이 사건의 시발점이죠."

"그런데요?"

"공무원에게는 품위 유지 의무라는 게 있습니다."

정확하게는 국가공무원법 63조이며 '공무원은 직무의 내외를 불문하고 그 품위가 손상되는 행위를 하여서는 아니 된다.'라고 규정하고 있다.

"이 품위 유지 의무라는 게 말입니다, 현실적으로 코에 걸면 코걸이, 귀에 걸면 귀걸이인 성향이 무척 강하거든요."

실제로 공무원들 대부분은 이 품위 유지 의무 관련 법률을 없애고 싶어 한다.

하지만 현실적으로 그럴 수가 없는 게, 공무원이기에 일반인보다 좀 더 가혹한 잣대를 들이대야 하는 경우도 있기 때문이다.

가령 공무원이 불륜을 저지른다고 가정해 보자.

그러면 그에게 어떤 처벌이 내려질까?

현행법상 불륜의 형법적인 영역이 사라진 상황이니 결과적으로 처벌은 불가능하다.

또, 5급 공무원쯤 되는 인간이 이 여자 저 여자 건드리고 다닌다고 가정해 보자.

죄다 결혼하자고 하면서 속여 놓고 결혼하지 않는 식으로 사실상 강간했다면, 그건 과연 어떻게 처벌될까?

혼인빙자간음죄 역시 사라졌으니 그것 역시 처벌할 수는 없다.

바로 이러한 경우를 처벌하기 위한 규정이 바로 이 공무원의 품위 유지 의무다.

"그리고 결별은 공무원이 된 후에 이루어졌지요."

"하지만 그게 품위 유지 위반인가요?"

"물론 결별만은 품위 유지 위반이 되지 않습니다. 다만 품위 유지 위반의 핵심은 그게 꼭 불법만은 아니라는 거죠."

즉, 공무를 진행해야 하는 자가 공무원으로서 부도덕한 일을 한 것이 문제가 된다는 거다.

"그리고 이 경우는, 음…… 혼인 빙자 사기는 성립될 수 있지요."

"네?"

"돈을 돌려줄 생각이 없는 건 확실하죠?"

"그렇겠죠."

그러니까 이미 저쪽은 돈을 주지 않기 위해 변호사까지 선임했다.

"그런데 이게 혼인 빙자 사기가 되지는 않을 텐데요, 노 변호사님? 혼인 빙자 사기가 성립되려면 애초부터 결혼하려는 생각 없이 그냥 속였어야 하잖아요?"

김승연은 고개를 갸웃하면서 물었다.

그도 그럴 게 사기죄에서 가장 기본적으로 요구하는 처벌

조건이 목적성이다.

즉, 돈을 갚을 생각 없이 처음부터 노리고 접근했어야 한다는 소리다.

"그런데 이 경우는 그게 안 될 거예요."

무려 4년간 교제한 건 사실이고 지금은 이 꼴이 됐다고 해도 그 당시에는 함께 힘내서 으쌰 으쌰 하는 사이좋은 커플이었으니까.

"하하하."

노형진은 김승연의 말에 웃음을 지었다.

"김 변호사님, 때때로 변호사들에게는 패배도 무기가 됩니다."

"패배도 무기라고요?"

"2보 전진을 위한 1보 후퇴. 아니, 이 경우는 전쟁에서 승리하기 위해 전투에서 패배한다는 말이 맞을까요?"

그 말에 김승연은 고개를 갸웃했다. 이해가 가지 않았으니까.

"물론 이건 혼인 빙자 사기가 안 됩니다. 100% 안 되죠. 하지만 안 된다는 증거가 있나요?"

"네?"

이해가 되지 않았던 김승연은 결국 되물을 수밖에 없었다.

"안 된다는 증거가 있냐니요?"

"그러니까 이게 무고죄가 될 수가 있느냐 이겁니다."

"어…… 아니죠?"

시간과 상관없이 뒤통수를 후려갈긴 건 송요희다.

그리고 그녀가 후원받을 당시에 과연 진짜로 갚을 생각이 없었는지는 증명할 방법이 없다.

"이 경우는 무고죄가 성립되지 않습니다."

"그야 그렇지요."

"그리고 혼인 빙자 사기로 고소를 넣은 후에 말입니다, 그걸 바탕으로 공무원의 품위 유지 위반으로 고소를 넣는다면 어떻게 될까요?"

"어?"

그 말에 김승연은 정신이 번쩍 들었다. 그건 생각해 보지 못한 말이었으니까.

"하지만 사기가 안 되면 품위 유지 위반이 아니지 않나요?"

정희찬의 말에 노형진은 고개를 흔들었다.

"아닙니다. 사람들이 착각하는 게 그거죠."

다른 법들과 마찬가지로 품위 유지 위반 역시 다른 죄들과 엮어서 형법적으로 처벌될 때에야 비로소 조건을 충족한다는 착각.

하지만 이 품위 유지 위반은 완전히 별개의 행동으로 이루어져 있다.

형법적으로 처벌이 이루어지지 않는다고 하더라도, 판단하는 상부에서 품위 유지 의무 위반으로 보면 처벌 대상이 된다.

"아마 그쪽은 그걸 생각하지 못할 겁니다."

노형진은 자신 있게 말했다.

송요희는 짜증이 났다.

정희찬, 전 남자 친구가 추잡하게 달라붙었기 때문이다.

"아니, 헤어졌으면 땡이지 뭘 이렇게 더럽게 달라붙어요? 변호사님, 이거 진짜로 이길 수 있는 거죠?"

"걱정하지 마세요. 실제로 이런 사건이 한두 번 있었던 것도 아닌데, 모두 이겼습니다."

송요희의 변호사인 구상원은 자신 있게 말했다.

'이건 완전히 날로 먹는 소송이지.'

워낙 판례가 확실하게 서 있는 소송이기에 누가 오더라도 질 수가 없다.

그래서 구상원은 자신 있게 말했다.

"그 스토커 놈이 뭔 짓을 해도 이건 못 이깁니다. 절대 돈 주실 일은 없을 겁니다."

"그런데 얼마 전에 그 뭐냐, 저한테 무슨 신고를 했다고 하던데요?"

"아, 혼인 빙자 사기 말이군요. 걱정하지 마세요. 이런 사건과 관련해서 혼인 빙자 사기를 건 놈이 한둘인 줄 아십니까?"

구상원은 미소를 지으며 말했다.

그간 맡은 수많은 비슷한 사건 중에도 나름 그를 압박한다고 혼인 빙자 사기를 건 놈들이 있었다.

"하지만 이건 구조적으로 무조건 이깁니다. 사기가 성립되려면 처음부터 속일 생각이 있어야 하거든요."

"그래요? 다행이네요."

송요희는 그 말에 배시시 웃었다.

사실 처음부터 속일 생각 같은 건 없었다. 물론 헤어질 생각이 있었던 것도 아니지만.

'내가 미쳤다고 그딴 새끼랑 결혼을 해?'

하지만 5급 공무원이 되고 나니 상황이 달라졌다.

좋은 혼처가 들어오고, 부모님도 은근히 중소기업이나 다니는 남자보다는 고위 공무원이나 잘사는 집안의 사람을 만나기를 기대하는 눈치였다.

사실 어느 정도 미안하기는 하다. 무려 1억 2천이니까.

자기네 집안에 그 정도 되는 돈이 있었다면 애초에 남자 친구, 아니 이제는 전 남자 친구인 그에게 지원받을 이유도 없었을 것이다.

이제는 5급 공무원이 되기는 했지만 그렇다고 해서 갑자기 돈이 확 들어오거나 하는 건 아니다.

더군다나 이제 막 5급 공무원 된 자신에게 누가 돈을 빌려주겠는가?

거기다 결혼하기 위해 혼수를 준비하는 데에도 적지 않은 돈이 필요한데 그런 큰돈을 갚으라니.

'절대 그럴 수 없어.'

미안하지만 정희찬의 인생은 이제는 송요희와 상관없다.

송요희는 남을 위해 자신의 인생을 망가트릴 생각이 없었다.

"잘 부탁드려요."

"걱정하지 마세요. 절대로 질 일은 없습니다."

그렇게 두 사람이 자신감에 가득 차 있는 그때 송요희의 핸드폰이 갑자기 울리기 시작했다.

"어? 잠깐만요. 수진아, 왜?"

수화기에서 들려오는, 함께 합격한 동기의 목소리에 송요희는 웃으며 입을 열었다.

그런데 그 동기의 목소리가 다급하기 그지없었다.

―요희야! 큰일 났어.

"뭔 큰일?"

―너 뭔 짓 했어? 지금 너 공무원의 품위 유지 위반으로 고발이 들어왔어.

"뭐? 그게 뭔 소리야?"

그 말에 송요희는 이해가 가지 않았다.

공무원의 품위 유지 위반이라니?

"내가 뭘 했다고?"

−그러니까 내가 물어본 거야. 우리 부서에서 이거 담당하잖아. 감사 팀으로 너한테 품위 유지 위반으로 고발이 들어왔다고. 사유가 혼인 빙자 사기고!

"혼인 빙자 사기?"

그 말에 송요희는 자신도 모르게 시선을 돌려서 구상원을 바라보았다.

−그래. 너 도대체 무슨 일이야?

"잠깐, 잠깐만. 내가 이따가 다시 연락할게."

그녀는 다급하게 전화를 끊고 구상원에게 물었다.

"지금 저한테 그 뭐냐, 품위 유지 위반? 뭐 그런 게 들어왔다는데 그게 뭔 소리예요?"

"네?"

"품위 유지 위반요."

"누구한테서요?"

"당연히 그 미친놈이죠."

"전 남자 친구요?"

"네."

"에, 그러니까 품위 유지 위반이라는 게…….."

"그게 뭔지는 알아요! 그게 이번 사건에 어떤 영향을 미치느냐고요!"

공무원 연수를 받으면서 꼭 듣는 경고가 바로 품위 유지에 관련된 이야기다. 혹시나 허튼짓을 해서 모가지가 날아갈 수도 있기 때문이다.

당연히 송요희도 그건 안다.

문제는 그게 자신을 위협할 수 있느냐 없느냐다.

"에…… 그러니까……."

구상원은 한참을 머리를 굴렸다. 그리고 확신한 듯 말했다.

"별 피해 없을 겁니다."

"왜요?"

"이런 경우는 결국 범죄가 아니니까요. 사실 개개인이 만나고 헤어지는 건 정부에서 판단할 문제가 아니죠."

구상원은 그렇게 생각했다.

실제로 그는 단 한 번도 품위 유지 의무 위반 사건을 담당하지 않았으니까.

대부분의 경우 품위 유지 의무 위반에는 해당되지 않는다.

왜냐하면 대부분의 품위 유지 의무 위반은 해당 사건이 주변에 공개되거나 언론에 나가거나 내부 당사자가 관련된 경우에나 해당되기 때문이다.

어떤 사건이 터졌을 때 대부분의 경우 안에서 덮을 수 있으면 덮으려고 하는 게 정부 조직의 기본적인 행태로, 실제로 수많은 공무원들이 불륜을 저지르거나 성추행 등의 범죄를 저지르고도 뻔뻔하게 공무원으로서 일한다.

그게 가능한 건, 자기들끼리 묶여 있어서 품위 유지 의무 위반으로 고발하지 않기 때문이다.

이것이 법이다

보통 그게 엮이는 경우는 동료의 남편이나 아내를 건드렸다거나 그게 외부의 언론에 나가는 때이니까.

'뭐, 그럴 일이 있겠어?'

구상원은 쉽게 생각했다.

어차피 합격 이전에 있었던 일로 인해 벌어진 사건이고, 위에서도 합격 이전의 일로 품위 유지 의무 위반을 걸지는 않을 거라고 말이다.

하지만 이건 그의 실수였다. 그리고 그게 돌이킬 수 없는 강을 건너게 만들었다.

⚖️

"결국 답이 없군요."

노형진은 머리를 긁적거리며 말했다.

품위 유지 의무 위반으로 엮였다는 걸 모를 리가 없다. 지금쯤이면 이미 연락이 갔을 거다.

그럼에도 불구하고 송요희에게서는 답변이 오지 않았다.

"어떻게 생각하세요?"

"뭐, 뻔한 거죠. 별거 아니라고 생각할 겁니다. 실제로 이런 사건으로 인해 품위 유지 의무 위반으로 처벌된 적이 없을걸요."

왜냐하면 교제 자체는 임용되기 이전에 있었던 일이니까.

실제로 지금까지 그걸로 고발하는 사람은 없었다.

"그러니까 그걸로 뭐라고 하지는 못할 거라 생각하는 겁니다."

"노 변호사님은 다르게 생각하시고요?"

"저쪽이 너무 만만하게 보는 거죠."

노형진은 김승연의 말에 당연하다는 듯 말했다.

"제가 말했다시피 품위 유지 의무는 코에 걸면 코걸이, 귀에 걸면 귀걸이라는 성향이 강해요."

처벌을 결정하는 대상과 친하거나 내부가 부패해서 서로 알음알음 불륜을 저지르는 그런 조직은 뭔 짓을 한다고 해도 처벌되지 않다.

"당장 검찰을 보세요. 검찰에 품위 유지 의무를 들이대기 시작하면 뭔 일이 나겠습니까?"

"하긴, 그건 그러네요."

검찰이나 판사에게 품위 유지 의무를 들이댄다면 아마도 현직 판검사의 70%는 모가지가 날아갈 거다.

"하지만 현재 검찰이나 판사의 품위 유지 의무 위반의 처벌 대상은 범죄자가 아니라 내부 고발자입니다."

내부 고발로 처벌할 수 없으니 품위 유지 의무 위반이라는 코걸이식 처벌을 이용해서 내부 고발자들을 처벌하는 것.

"이건 송요희 씨의 조직도 마찬가지일 겁니다. 아마 가만 있으면 별거 아닌 걸로 넘어가겠지요."

"그러면 노 변호사님은 방법이 있으신 건가요?"

"네. 품위 유지 의무가 강하게 영향력을 미치는 경우가 있는데, 그게 뭔지 아십니까?"

"뭔데요?"

"언론을 탔을 때의 이야기입니다."

노형진은 씩 웃으며 말했다.

"그러고 보니 그분이 일하는 곳이 어디였지요?"

"국세청요."

"그렇군요."

국세청. 노형진은 머릿속에 좋은 생각이 팽팽 돌았다.

⚖️

"별 미친놈을 다 봤네."

"그러게 말입니다, 자기가 차였다고 해서 고발까지 하다니."

"그래도 돈을 주지 않은 건 좀 문제 아닙니까?"

"법적으로 문제가 없잖아요. 안 그래요?"

변호사를 통해 고발이 들어왔으니 국세청의 관리직들은
어찌 되었건 심사해야 한다.

그러나 대부분의 직원들은 귀찮다는 생각이 더 강했다.

어차피 법적으로 문제 될 게 없다는 이야기는 벌써 법률
자문을 통해 들었으니까.

"복수하고 싶은 모양인데, 이 문제는 뭐 개인 간의 문제
아닙니까?"

"맞습니다. 알아서 해야지요."

심사도 하기 전에 이미 답을 정해 두다시피 한 그들은 대충 심사를 마치고 퇴근해서 접대나 받을 생각이었다.

그러나 그런 생각은 금방 사라질 수밖에 없었다.

"어, 뭐야?"

고발한 사람들에게서 사전 청취를 하기 위해 만나기로 한 날, 카메라와 녹음기를 들고 따라 들어오는 사람들 때문이었다.

"누구십니까?"

"코리아 타임라인의 우선창 기자입니다."

기자는 정중하게 고개를 숙여서 인사를 건넸다.

"오늘 취재 요청이 들어와서요."

"취재 요청요?"

"네."

"아니, 저기 이건⋯⋯."

그 말에 임원들은 당혹감을 감추지 못했다. 그도 그럴 게 사전에 이야기가 안 되어 있었으니까.

물론 노형진도 그걸 안다.

'하지만 사전에 말하면 안 된다고 딱 자르겠지.'

물론 지금도 안 된다고 할 수는 있다.

하지만 미리 자른 걸 먼저 노형진에게서 전해 듣는 것과, 설명도 듣지 못하고 쫓겨나는 것은 기자가 느끼는 바가 매우 다르다.

"어…… 이러면 곤란합니다."

"네? 어째서요?"

"어째서라니요?"

"공정하게 심사할 거 아닌가요?"

"공정하게 할 겁니다."

"그러면 기자분이 계셔도 상관없지 않나요?"

"아니, 그래도 익명성이라는 게……."

노형진은 그 말에 고개를 끄덕거렸다.

"뭐, 그러면 다음에 하기로 하죠."

"네?"

"아니, 이미 기자는 불렀는데 그걸 받아들이지 못하겠다고 하시면 저희는 공정성을 의심할 수밖에 없죠. 일단 기피 신청부터 하고 나서 다음에 기일을 잡죠."

"어, 그게……."

고민하는 고위 공무원.

그때 기자인 우선창이 질문을 던졌다.

"설마 내부적으로 답을 정해 둔 건 아니죠?"

"그건 아닙니다."

"여기서 결론이 나는 것도 아닐 거고요."

"그렇습니다."

"그러면 단순 사전 청취인 건데, 그것도 취재를 못 한다는 겁니까? 그건 좀…… 이상하네요."

그 말에 고위 공무원들은 눈을 찡그렸다.

언론에서 물어뜯기 시작하면 곤란해지는 건 자기들이니까.

"알겠습니다. 일단 사전 청취를 하도록 하죠."

결국 요청을 받아들인 그들은 노형진과 정희찬을 데리고 회의실로 향했다.

혹시나 하는 마음에 정희찬이 주변을 두리번거리자 노형진은 그런 그를 말렸다.

"송요희 씨는 없을 겁니다. 보고 싶어서 그런 건 아니죠?"

"네? 아니요. 그럴 리가요. 그냥 곤란해하는 면상을 한번 보고 싶었던 것뿐입니다. 못 봐서 아쉽네요."

"하하하, 기회는 또 있을 겁니다."

노형진은 씩 웃으면서 말했고 회의는 금방 시작되었다.

"일단 이 문제는 개인적인 영역의 일이라고 저희는 생각합니다. 개개인의 증여에 관련된 부분이고, 이게 품위 유지 의무 위반이 되기에는 너무 개인적인 사건이에요."

저쪽은 슬쩍 이쪽에 개인적 문제는 알아서 하라는 식으로 말했다.

물론 노형진은 이미 그럴 거라는 것쯤은 알고 있었다.

"품위 유지 의무는 신분범이죠."

"네? 무슨 말입니까?"

"해당 범죄행위가 성립되기 위해서는 그 사람이 해당 신분을 가지고 있어야 한다는 겁니다."

가령 군법을 적용하기 위해서는 군인이어야 하는 것처럼, 특정 신분을 가지고 있을 때에만 범죄가 성립되는 경우가 있다.

이런 걸 보통 신분범이라고 이야기한다.

"그리고 이 사건에서 핵심은 이별을 고하는 순간에, 정확하게는 후원받은 후에 돈을 돌려주지 않기 위해 모욕하고 소송에 대해 반소를 걸고 스토커라고 허위 사실을 주장하면서 **뻔뻔**하게 행동한 것이지요. 안 그런가요?"

"그건……."

"그 시점에 송요희 씨의 신분은 뭐였습니까?"

"……."

당연히 공무원이다. 그렇다면 신분범이 될 수 있는 상황이다.

"우리가 고발한 이유는 사귀다가 헤어졌기 때문이 아닙니다. 결혼을 전제로 지원받았고 그 돈으로 합격했음에도 불구하고 둘 사이의 신의를 깨 버리고 일방적으로 결별을 선언한 후에 그 지원금조차도 반납하지 않는, 사회적 상식에 어긋나는 행동에 대해 고발한 거지."

사회적 상식. 이게 바로 품위 유지 의무의 기본이 되는 것이다.

"그리고 여러분은 이 상황에서 그 돈을 돌려주지 않는 게 사회의 상식에 맞다고 생각합니까?"

"아니, 법적으로 말입니다, 이런 경우는 돌려줄 이유가 없다고……."

"그러니까 그게 사회의 상식에 맞느냐 이겁니다."

"그건……."

다들 뭐라고 말은 못 했다.

그도 그럴 게, 사회 상식에 맞지 않는 행동이니까.

"사회의 상식에 맞지 않으니까 당연히 저희는 처벌을 요구하는 거고요."

"흠……."

그 말에 고위 공무원들은 힐끔 기자들을 돌아보았다.

'그래, 곤란하겠지. 하지만 어쩌겠어?'

품위 유지 의무는 결국 외부에 드러났을 때 곤란해지는 행동에 대한 처벌이다. 그리고 언론이라는 파리가 붙은 이상 처벌이 이루어질 수밖에 없다.

물론 노형진은 이런 경우에 어떤 일이 벌어질지 누구보다 잘 안다. 그래서 사실 이 처벌에 그리 큰 기대는 하지 않고 있었다.

"더군다나 말입니다, 돈을 결별 직전까지 받아 가더라고요."

"그게 무슨 말입니까?"

"송요희 씨가 얼마 후면 결혼한다는 건 아십니까?"

"결혼?"

그 말에 다들 고개를 갸웃했다. 송요희가 그런 말을 하지 않았으니까.

하긴, 송요희 입장에서는 혹시나 자신에게 불리하거나 재판에 영향을 줄 만한 이야기는 하고 싶지 않았을 거다.

하지만 노형진은 물고 늘어질 수 있는 건 모두 물고 늘어질 생각이었다.

"그러면 이런 가능성도 있죠. 고발 대상인 송요희 씨가 정희찬 씨에게서 받아 간 돈이 과연 어디로 갔을까? 솔직히 결혼 대상이랑 언제부터 교제를 시작했는지는 우리가 알 수 없죠. 하지만 결혼 이야기까지 나왔다면 못해도 6개월 이상은 교제했다는 건데, 그 기간 중에도 이런저런 이유로 돈을 받아 갔거든요. 특히나 이 시점에 다급하게 돈이 필요하다면서 대출까지 하게 해서 받아 갔는데, 그 돈이 과연 어디로 갔을까요?"

그 말에 심사하던 고위 공무원은 눈을 찡그렸다. 머릿속에서 드는 생각은 하나뿐이니까.

"송요희 씨의 집안은 가난합니다. 그래서 정희찬 씨가 대출까지 받아 가면서 송요희 씨를 지원해 준 거고요. 그런데 결혼하려면 혼수를 해 가야 하거든요. 현재 송요희 씨가 공무원으로 받는 돈은 그다지 많지 않고 충분한 돈이 모였을 시점도 아니죠. 그러니까 그렇게 받아 간 돈으로 혼수를 장만했을 거라는 추측도 충분히 가능하다는 겁니다."

"그건…… 그렇군요."

단순히 이별 문제라고 생각했던 그들은 결혼 이야기가 나오자 표정이 심각하게 변했다.

다른 남자와 결혼을 하기 위해 상대방을 속여서 돈을 받아

낸 거라면 분명 품위 유지 의무 위반이다.

"그러니까 저는 변호사로서 해당 당사자에 대한 조사가 필요하다고 생각합니다."

"당사자라고 하면?"

"송요희 씨가 결혼하려고 하는 남자죠."

그 말에 그들은 눈을 찡그렸다. 그리고 조심스럽게 말했다.

"아니, 결혼까지 앞둔 사람에게 꼭 그렇게 해야 합니까?"

"내 알 바 아니죠. 송요희 씨에게 정희찬 씨의 인생은 알 바 아니듯이 말입니다."

실제로 노형진의 요구가 틀린 것도 아니다.

그 돈에 대해 확실하게 하지 않으면 처벌의 수위를 결정할 수가 없다.

평범하게 이별하고 나서 지원받은 돈을 주지 않으려 하는 행동과, 교제 중이던 사람에게서 받은 돈으로 다른 이와 결혼하려고 하는 행동에 대한 비난의 강도 차이는 비교도 할 수 없으니까.

애초에 전자라면 송요희가 주장한 대로 단순 교제의 종료이지만, 후자라면 사기의 영역이 된다.

"그러니 저희는 그 남성분에 대한 조사가 꼭 필요하다고 주장하는 바입니다."

그 말에 심사하던 고위 공무원들은 표정을 잔뜩 찌푸릴 수밖에 없었다.

바닥 아래에는 지하실이 있단다

　'짝!' 소리와 함께 송요희의 얼굴이 한쪽으로 확 돌아갔다.

　그러나 송요희는 아무 말도 할 수 없었다.

　"너 같은 년한테 내가 속은 게 억울하다. 뭐? 스토커? 미친놈? 4년이나 사귀면서 돈을 받아 처먹었다면서? 그래 놓고 나랑 결혼하겠다고?"

　"그…… 그게 아니야, 자…… 자기야."

　"자기? 지금 그 더러운 입에서 자기라는 말이 나와?"

　송요희와 결혼 준비를 하던 주성주는 분노로 거의 눈이 돌아가기 직전이었다.

　그나마 4급 공무원이라는 특성상 폭행 사건에 휘말리면 구설이 심하게 터질 걸 알기에 애써 참고 있는 중이었다.

"허? 나랑 교제하면서도 그 사람한테 돈 받았더라?"

"아니, 그게…….."

"그래 놓고 날 사랑한다고? 사랑? 너한테는 사랑이라는 게 참 가볍다 못해 돈으로 환산될 수 있는 건가 보다?"

"자기야."

"자기라고 부르지 말랬지? 너 같은 거랑 만나는 게 아니었는데. 너, 내 눈에 한 번만 더 띄면 뒈질 줄 알아."

"…….."

"마지막 남은 정으로 말하는 건데, 지방으로 꺼지는 게 좋을 거다. 내가 널 보면 무슨 수를 써서라도 네 인생을 조지고 싶어질 거거든. 공무원으로 밥이라도 처먹고 싶으면 당장 내 눈앞에서 꺼져."

주성주는 이를 뿌드득 갈면서 일어났다. 그리고 딱 자기 커피값만 계산하고 밖으로 나갔다.

홀로 남은 송요희는 어안이 벙벙해졌다.

'이게 무슨…….'

일이 이렇게 될 거라고는 생각도 못 했다.

변호사는 확신에 차서 돈을 안 줘도 된다고 했고, 여기저기 알아본 기록도 그랬다. 그래서 법적인 문제가 아닌 결별이 터져 나올 줄은 몰랐다.

설마 정희찬 미친놈이 자신과 결혼할 남자에 대한 조사를 요구할 줄이야.

당연히 조사 대상이 된 주성주는 자세한 상황을 들을 수밖에 없었다.

그리고 모든 일을 알게 된 후에도 결혼을 선택할 만큼 그가 송요희를 사랑하지는 않았다.

그가 송요희를 선택한 건 예쁘고 어리며 동시에 자신과 급이 맞는다고 생각했기 때문이다.

5급으로 들어왔으니 조금만 더 노력하면 4급으로 승진할 수 있을 테고, 금방 고위 공무원 부부가 될 수 있을 테니까.

하지만 그렇게 남자를 빨아먹은 여자라는 사실을 알았는데 과연 다음 피해자가 자신이 되지 않을지 어찌 안단 말인가?

자신과 마찬가지로 그녀도 조건을 보고 결혼하는 게 뻔한데 과연 더 좋은 혼처가 나왔을 때 자신의 뒤통수를 치지 않을까?

그렇게 한번 무너진 믿음은 결국 파혼이라는 결말 말고는 남는 게 없었다.

"정희찬…… 이 새끼."

송요희는 이를 뿌드득 갈았다.

이 모든 일의 원인이 정희찬에게 있는 것 같았다.

"복수할 거야! 정희찬!"

⚖️

"소름이 돋네요, 갑자기."

정희찬이 부르르 떨면서 말하자 노형진은 별거 아니라는 듯 대꾸했다.

"뭐, 누가 저주라도 하나 보죠."

"저주요?"

"네. 보통 후안무치한 놈들은 반성을 안 하거든요."

"쩝…… 그렇게 오래 사귀면서도 그런 여자인 줄은 몰랐는데."

"원래 눈에 뭐가 씌면 그래요."

노형진은 그렇게 말하면서 정희찬을 바라보았다.

그때 옆에 있던 김승연이 조심스럽게 물었다.

"그런데 노 변호사님, 아까 그게 무슨 말씀이세요? 품위 유지 의무 위반으로 처벌이 이루어지지 않을 수도 있다니요?"

노형진은 김승연의 말을 정확하게 교정해 줬다. 자신이 한 말은 그게 아니니까.

"안 될지도 모른다는 게 아니라 아주 오랜 시간이 걸릴 거라는 겁니다."

"어째서요?"

"송요희 씨가 바보가 아닌 이상에야 과연 그 처벌에 대해 그냥 넘어갈까요? 분명 법원을 통해 억울하다고 소송할 겁니다."

"아!"

"변수는 많아요. 그게 어떻게 작동할지는 모를 일이지요."

변수란 뭐냐? 그건 바로 법원 측에서 보기에는 그 돈이 돌려주지 않아도 되는 돈이라는 거다.

"우리는 그 내부의 상황을 모릅니다. 그날 제가 결혼할 예정인 남자를 언급하며 희찬 씨에게서 받아 간 돈으로 혼수 비용을 마련한 거 아니냐는 이야기를 했지만, 그건 명백하게 추측의 영역이고요."

남자를 직접 만나거나 한 적이 없으니 그에 대해서는 알 수가 없다.

설사 만난다고 해서 그 남자가 그걸 알 가능성은 높지 않다. 혼수를 위해 마련해 둔 돈을 남자에게 주지는 않았을 테니까.

"그러니까 재판부가 그 돈을 어떻게 보느냐에 따라 결론이 달라지는 거죠."

사기로 본다면야 송요희가 처벌받는 게 확실해지겠지만, 단순 증여로 본다면 재판부의 판단에 따라 상황이 달라질 수밖에 없다.

"그리고 아시겠지만 말입니다. 이 경우는 재판부의 판단이 불확실해요. 특히 이런 경우는 판사 맘이죠."

어떤 판사는 불법행위가 없으니 부당 처벌이나 부당 해고라고 이야기한다. 그런 경우 위에서 내려온 처벌이 무효화된다.

하지만 일부 판사는 법과 별개로 사회 상규에 위반된 이상 적법한 처벌이라고 이야기할 수도 있다.

이런 경우는 처음이라서 어떤 판결이 나올지는 알 수가 없다.

"그리고 어느 쪽이 지든 항소는 확정적입니다."

송요희가 질 경우 그녀는 이기기 위해서라도 항소할 테고, 국세청이 진다면 국세청 입장에서는 이런 게 언론에 나가서 이슈화되는 게 거북스러우니 항소할 거다.

"국세청에서 모른 척할 수도 있지 않나요? 솔직히 이건 개인의 잘못이지 국세청의 잘못은 아니잖아요."

고개를 갸웃하면서 묻는 김승연.

노형진은 그런 그녀에게 고개를 끄덕거리며 말했다.

"그래서 제가 와 달라고 한 겁니다. 이제 국세청을 엮어야 하니까."

"네?"

"그리고 이건 장기적으로 이러한 사건이 발생했을 때의 해결책을 이야기하기 위한 자리이기도 하고요."

"장기적으로요?"

"음, 이번 경우는 운 좋게 송요희 씨가 공무원이라서 품위 유지 의무 위반이 되지만 사실 다른 거라면 방법이 있나요?"

"그건…… 하긴, 그러네요. 없군요. 다른 건 품위 유지 의무와 엮을 수 없으니까."

품위 유지 의무 위반은 신분범에 해당하는 범죄다.

만일 돈을 받고 튄 사람이 의사라든가 대기업의 직장인이라든가 아니면 사업을 한다든가 하는 사람이라면 그 방법은 쓸 수 없다.

"그렇다고 해서 우리가 그냥 당하고 있을 수는 없지 않습니까?"

"그건 그래요."

똑같은 사건인데 공무원이라면 이길 수 있고 아니라면 이기지 못한다면, 결국 억울한 피해자가 생기는 건 피할 수 없다.

"그러니까 확실하게 방법을 찾아야지요."

"하지만 모든 사람에게 쓸 만한 방법이라니. 방법이 없어 보이는데요?"

노형진은 그 말에 슬쩍 정희찬을 보았다.

"있긴 해요. 다만, 이 방법을 쓰려면 정희찬 씨가 피해를 좀 감수해야 해요."

"피해요?"

"아, 물론 큰 피해는 아닐 겁니다. 약간의 벌금 정도일 거예요."

"벌금 조금 내면 어느 정도까지 피해를 줄 수 있는데요?"

"확실하게 해직시키고 인생을 조질 수 있죠. 그래서 확실하게 해야 할 부분이 있거든요."

"확실하게 하신다면?"

"돈을 받으실 거냐, 아니면 송요희의 인생을 망가트릴 것이냐."

"그건⋯⋯."

"이 작전을 실행하면 돈은 못 받습니다. 확실하게 못 받게 되죠. 물론 어차피 돈을 받을 방법이 없는 상황이기는 하지만 법적으로도 못 받게 됩니다. 그래서 실행하기 전에 먼저 의사를 확실히 하시면, 그에 따라 상대방과 협상을 해야 할 수도 있습니다."

그걸 정하기 위해 노형진은 정희찬을 부른 것이다.

의뢰인에게 최대한 돈을 돌려주는 것이 변호사로서 해야 하는 일이다. 하지만 그게 불가능할 경우 그만큼 복수해 줘야 하는 것 역시 변호사의 일이다.

그걸 실행하기 위해서는 의뢰인의 동의가 필요하다.

"저는……."

고민하던 정희찬은 머리를 긁적거리며 말했다.

"딱 돈만 받았으면 좋겠습니다. 1억 2천요. 이자고 뭐고 다 필요 없으니까."

"그럼 그 돈만 받으면 모든 걸 덮겠다는 건가요?"

"네."

사실 지금 상황에서는 그 정도가 딱 좋다.

송요희는 품위 유지 의무 위반으로 아마 정직이나 감봉 등의 처벌을 받게 될 가능성이 크다.

그건 공무원 업계에서 상당히 큰 처벌이라 승진도 힘들어질 거다.

'해직 같은 건 안 되겠지만.'

하지만 이게 실행되면? 해직은 확정적이고, 인생은 100% 시궁창으로 박힌다.

"좋습니다. 그쪽과 협상해 보죠."

⚖️

"미쳤어? 내가 왜? 절대 안 줘! 못 줘! 변호사도 그 돈은 안 줘도 되는 돈이라고 했어!"

"송요희 씨, 이건 최후통첩입니다."

"최후통첩? 하, 헛소리하지 말라고 해! 그 새끼 때문에 내 인생이 망가졌어! 그런데 최후통첩?"

"엄밀하게 말하면 당신 스스로 망친 겁니다, 정희찬 씨가 아니라."

돈을 돌려줬다면, 아니 하다못해 돈을 벌어서 갚겠다고 약속이라도 했다면 이 지랄은 나지 않았을 것이다.

하지만 그녀는 돈을 돌려주는 선택 대신에 변호사를 사서 소송하고 접근을 막기 위해 스토킹이라는 죄명을 뒤집어씌웠다.

결국 자초한 일.

"웃기는 소리 하지 마! 나는 절대로 돈 못 줘! 내가 왜 줘? 도리어 너희가 파혼에 대한 손해배상을 해 줘야 하는 거 아니야?"

당당을 넘어서 뻔뻔하게 요구하는 송요희의 말에 노형진

은 혀를 끌끌 찼다.

'답이 안 보이네. 하긴, 이런 인간이니 사기를 치겠지.'

만일 5급 공무원이 되지 못했다면 어떻게 했을까?

아마도 계속 달라붙어서 지원을 요구하든가, 아니면 어떻게 해서든 결혼하려고 했을 거다.

그런데 이제 와서 이런다니.

"알겠습니다."

노형진은 두 번 이야기하지 않았다.

이야기한다고 해서 바뀔 사람도 아니거니와 바뀐다고 한들 돈을 줄 사람도 아니니까.

"그러면 저희는 최후통첩대로 진행하지요."

노형진은 그렇게 말하면서 그곳을 떠났다.

그러자 뒤에서 송요희의 악다구니가 들려왔다.

"내 말 들려? 너희가 배상해야 한다고! 너희가! 이 모든 책임을 지게 할 거야!"

하지만 노형진은 그 말을 가뿐하게 무시했다.

이제 그녀의 인생에는 추락하는 것 말고는 아무것도 없다는 걸 알기에.

⚖

"역시 그랬군요."

정희찬은 머리를 긁적거렸다. 하지만 딱히 실망하거나 하는 얼굴은 아니었다.

"그런데 진짜로 괜찮으시겠습니까? 적지 않은 돈인데요."

"뭐, 꼴을 보니 애초에 받을 수 있는 상황도 아니더라구요. 그리고 이제는 상황이 좀 달라져서요. 그 돈이 급하게 필요하진 않게 되었거든요."

"무슨 일이 있나요?"

"사실은 이제 회사에서 스톡옵션을 실행해도 된다고 이야기가 나왔어요. 그걸 실행하면 한 15억쯤 돈이 생길 겁니다."

"오! 축하드립니다."

사람들이 힘들고 어려움에도 불구하고 스타트업에 가는 이유가 바로 이 스톡옵션 때문이다.

쉽게 말해서 회사가 성장하면 그만큼 주식을 주는 건데, 그게 실행되면 적잖은 보상이 주어진다.

물론 그건 쉬운 일이 아니다. 회사가 살아남는 걸 넘어서 성공해야 하니까.

그런데 정희찬은 그걸 성공시켰으니 그에 대한 보상을 확실하게 지급받는 모양이었다.

'이 사실을 알면 엄청 후회하겠군.'

스톡옵션으로 15억이 지급된다는 건 회사가 단순히 살아남은 정도가 아니라 아주 크게 성공했다는 의미다.

동시에 그 정도 돈을 받을 만큼 창립 멤버로서 실적도 인정된다는 소리이기도 했다.

　그러니 이제 그의 미래는 창창하게 밝아질 수밖에 없다.

　스톡옵션과 별개로 회사가 성장하면 당연히 창립 멤버는 가파르게 승진할 수밖에 없으니까.

　"그러면 이대로 실행하면 되겠군요."

　"그런데 그 방법이 대체 뭡니까? 저한테 말씀을 하지 않으셔서 모르겠던데."

　노형진은 확실한 방법이 있다고는 했지만 그게 어떤 방법인지는 말하지 않았다. 혹시나 새어 나가서 그쪽에서 대비할까 걱정해서였다.

　"탈세입니다."

　"네?"

　"탈세. 정확하게는 증여세죠."

　"증여세요?"

　"네, 이미 이건 답이 정해져 있는 상황입니다."

　노형진은 그쪽에서 제출한 답변서를 흔들며 말했다.

　"이미 저쪽은 증여받은 거라 돌려줄 이유가 없다고 주장하고 있습니다."

　"그건 그렇죠. 아!"

　당연히 그런 경우에는 증여세를 내야 한다.

　하지만 과연 송요희가 그 증여세를 냈을까?

　그럴 리가 없다. 당연히 증여세를 낸 적도 없고 그걸 신고

한 적도 없다.

"그걸 보통 탈세라고 하지요. 송요희 씨는 이 답변서를 제출한 시점에서 증여와 탈세를 인정한 겁니다."

즉, 송요희가 아무리 대단하다고 해도 이 상황에서 탈세한 사실이 걸리면 절대로 벗어날 수 없게 된다는 뜻이다.

더군다나 송요희는 다름 아닌 국세청의 직원이다.

"국가의 세금을 관리하는 국세청의 직원이 탈세했다? 사람들이 어떻게 볼까요?"

노형진의 말을 조용히 듣고 있던 김승연은 탄성을 내질렀다. 설마 이걸 탈세로 엮을 줄은 생각도 못 했기 때문이다.

그녀도 변호사로서 탈세니 뭐니 하는 법에 대해서는 잘 알고 있다. 하지만 이걸 엮어서 상대방을 압박한다?

꿈도 꾸지 못할 일이었다.

"그래서 다른 사람에게도 써먹을 수 있다고 말씀하신 거군요."

"맞습니다. 탈세는 상대방이 공무원이 아니라고 해도 결국은 엮일 수밖에 없는 일이 되는 거죠."

그걸 벗어나려면 돈을 받은 당사자는 이 돈이 증여받은 게 아니라 빌린 거라는 주장을 하는 수밖에 없는데, 그러면 결국 돈을 갚아야 한다.

"그렇다고 해서 탈세로 인한 처벌이 약한 것도 아니거든요."

증여세는 상황에 따라 다르지만 이 경우는 대략 20%의 세금이 붙는다.

거기다가 탈세를 하려고 했으니 50% 정도 가산금이 붙고, 지연이자와 벌금까지 내면 절대 적은 금액이 아니게 된다.

"못해도 40%의 돈은 내야 합니다."

총액이 1억 2천만 원이니 못해도 대략 5천만 원 정도의 돈을 한 번에 내야 하는 것이다.

"그것과 별개로 그 증여에 대해 신고하지 않은 행동 자체도 처벌 대상이지요. 제가 말했지요, 공무원에게 품위 유지 의무 위반은 사회적으로 비난받을 정도의 문제라고."

물론 결별 이후에 돈을 반환하지 않는 문제는 법적으로 소송하면 판사의 성향에 따라 답이 달라질 수 있다.

"하지만 송요희 씨는 이미 공무원입니다. 그것도 세무 공무원이죠. 증여에 대해 인지하고 있고, 증여세를 내야 한다는 상식도 있을 수밖에 없죠."

하지만 세금을 내기는커녕 신고조차 하지 않았다.

이런 경우 과연 세무 공무원으로서 어느 정도의 처벌 대상이 될까?

"모르긴 몰라도 그 처벌이 약하지는 않을 겁니다."

신분범이 자신의 신분을 이용해서, 또는 그 의무를 위반해서 하는 행위에 대해서는 처벌이 엄청나게 강하니까.

"과연 세무 공무원으로서 그 자리에 있을 수 있을까요?"

노형진은 자신 있게 말할 수 있었다. 절대 아니라고 말이다.

"뭐라고요? 탈세? 탈세라니요?"

송요희는 탈세라는 말에 정신이 아득했다.

"너 무려 1억 2천만 원이나 증여받았다면서? 그런데 신고도 안 하고 버티고 있었어?"

"아니, 그건…… 그게…….."

"야, 이거 때문에 위에서 난리가 났어. 지금 이 소식을 위에서 꼭 뉴스로 들어야 하냐?"

눈을 찡그리면서 화내는 부장의 말에 송요희는 정신이 아득해졌다.

"아니, 부장님. 그게 아니라…….."

"그게 아니긴 뭐가 그게 아니야, 이 미친년아. 아니, 세무 공무원이 탈세를 해? 그걸 뉴스로 걸려? 미친 새끼."

오늘 아침 조간신문에서 터져 나온 탈세 뉴스.

1억 2천만 원을 증여받은 세무 공무원이 자신의 자리를 이용해서 증여 사실을 신고하지 않고 그대로 탈세했다는 뉴스는 빠르게 인터넷으로 퍼졌다.

그럴 만도 한 게, 세상에 세금을 내고 싶어 하는 사람은 없으니까.

당연하게도 국세청은 사람들이 가장 싫어하는 국가 집단 중 하나다.

그럼에도 불구하고 다들 세금을 내고 국세청의 말에 따르는 건, 그래야 국가와 자신들의 삶이 유지된다고 생각하기 때문이다.

그런데 정작 그 세금을 관리해야 하는 국세청에서 자신들의 자리를 이용해서 탈세 행각을 벌였다?

그걸 좋게 봐 줄 사람은 아무도 없다.

당연히 인터넷에는 국세청을 욕하는 글이 넘쳐 났다.

─이 악물고 우리한테는 세금 털어 가면서 자기들은 한 푼도 안 낸다고?

─크크크, 어이가 없네. 뭐, 국세청 소속이면 그냥 법보다 위에 군림하는구만.

─난 세금도 못 낼 정도로 망했는데도 강제로 압류하더니, 1억 2천만 원 받아 처먹고 신고도 안 하고 그냥 꿀꺽한다라……. 멋지다, 국세청!

─나라에 돈이 없는 게 아니라 도둑이 많다는 소리가 이런 거네. 도둑 잡으라고 만든 놈들이 도둑인데 누가 누굴 잡아?

안 그래도 이미지가 안 좋은 국세청이다. 그런데 세무 공무원이 탈세했다는 소식은 사람들을 분노하게 만들기에 충분했고, 여론은 살벌하기 그지없게 변해 버렸다.

"아니…… 그게……. 아니에요, 부장님. 저는 진짜……."

"그래, 나도 사정은 알아. 알지. 이야기 들었으니까, 미친 년아."

부장은 공무원임에도 불구하고 말이 거칠게 나올 수밖에 없었다.

법적인 문제를 떠나서 송요희가 무슨 짓을 했는지 알았으니까.

다만 그건 자신의 영역과 관련이 없어서 방관한 것뿐이다.

하지만 그 과정에서 탈세가 이뤄졌다?

그러면 더 이상 관련이 없는 이야기가 아니게 된다.

"솔직히 전 남자 친구랑 뭔 짓을 했든 나는 상관없어. 그런데 국세청 직원이라는 새끼가 감히 탈세를 해? 미쳤나?"

"그…… 그런 게 아니에요. 진짜예요, 부장님."

"아, 시끄럽고, 너 오늘부터 직위 해제야."

"네? 직위 해제요?"

"설마 이 문제가 그냥 '죄송합니다.' 하고 밀린 세금만 내면 끝날 일이라고 생각했냐?"

다른 사람도 아닌 국세청 직원의 탈세 정황. 그게 언론에 보도된 이상 아무리 국세청이 힘이 강하다고 해도 한 번은 정리하고 가야 한다.

"그게 무슨 말이에요?"

"일단 너 탈세로 고발된 이상 제대로 조사가 진행될 거야. 그리고 세금 탈루 의혹이 사실로 드러나면 너에 대한 처벌이 결정될 테고."

"처벌이라고 하시면……? 설마 감봉이라도 된다는 거예요?"

"감봉? 너 아직도 정신 못 차렸냐? 운 좋으면 해임이고 상황에 따라서는 파면이야."

"파…… 파면요?"

해임과 파면은 법률상 공무원을 강제로 퇴직시키는 중징계 처벌이지만, 조금 다르다.

해임은 말 그대로 잘리는 거다. 이 경우는 3년간 공무원으로 임용되지 못한다.

파면은 5년 미만 근무자의 경우 퇴직금의 4분의 1을, 5년 이상 근무자의 경우는 퇴직금의 2분의 1을 감액해서 제공한다. 또한 5년간 공직 진출을 막는다.

물론 송요희는 공무원으로서 있었던 기간 자체가 짧기 때문에 퇴직금 자체가 그다지 많지 않아서 깎는다고 해도 치명적일 정도는 아니다.

문제는 공무원으로서 인생이 끝난다는 거다.

파면과 해임. 법적으로야 일정 기간이 지나면 공무원으로 재임용이 가능하다지만, 파면이나 해임 기록이 있는 인간을 공무원으로 뽑을 리가 없다.

설사 뽑아 준다고 해도 최소 3년에서 최대 5년까지는 재임용이 불가능하다.

그런데 과연 그만큼의 시간이 흐른 뒤에 시험을 보면 공무원으로서 공부한 게 과연 기억날까?

당연히 재기 불가능이라고 봐야 한다.

"안 돼요! 부장님, 제발 그것만은 안 돼요! 한 번만 봐주세요!"

이 자리에 오기 위해 얼마나 노력했던가.

5급 공무원이 되기 위해 진짜 몇 년간 코피가 터지게 공부하지 않았던가? 그런데 파면이라니!

'안 돼. 그럴 수는 없어.'

그렇게 되면 자신의 인생은 시궁창에 처박힌다.

자신이 정희찬과 연을 끊으려고 한 이유가 뭔가? 자신과 급이 맞지 않는다고 생각해서 아닌가?

그런데 파면? 절대로 그럴 수는 없었다.

"진짜로 아니에요. 진짜로 탈세를 원해서 한 게 아니라……."

"그건 모르겠고, 일단 너 오늘부터 직위 해제야. 그러니까 징계 위원회가 열릴 때까지 집에 가서 기다려."

"얼마나요?"

"일단 탈세로 고발되었으니까 처벌이 결정되면 그때 연락이 갈 거야."

그 말에 송요희는 다리에 힘이 빠져 털썩 주저앉고 말았다.

"으음……."

구상원은 진땀을 흘렸다.

지금까지 종종 이런 사건을 담당했지만 설마 받을 돈을 포기하고 탈세로 엮어 버릴 거라고는 생각도 못 했다.

'보통은 이렇게 못 하는데.'

그도 그럴 게 탈세로 인정받기 위해서는 자신이 돈을 줬다는 걸 인정해야 한다.

인간의 심리란 너무나 뻔해서, 못 받을 거라는 것을 알면서도 탈세로 엮어서 받을 가능성 자체를 아예 포기하지는 못한다.

그런데 돈을 포기하고 탈세로 고발을 해 버리다니.

'노형진…… 실력이 좋다고는 들었지만 이 정도일 줄이야.'

구상원은 등골이 서늘해졌다.

"변호사님, 이거 방법 없어요? 저 진짜 다른 건 다 필요 없어요. 해직만 면하면 돼요, 해직만. 감봉되어도, 정직되어도 다 상관없으니까 해직만은 면하게 해 주세요."

"일단…… 이 부분에 대해 저도 알아봤습니다만…… 상황이 아주 곤란합니다."

이미 자신들이 증여받았다고 주장한 상황이라 증여세 발

생 사실을 부정할 방법이 없다.

"더군다나 언론에서 먼저 터진 상황이라……."

조직이 욕을 바가지로 먹었으니 명백하게 품위 유지 의무 위반이다.

거기다 하필이면 국세청 공무원의 탈세.

"현실적으로 이 상황에서 그나마 방법이라고 한다면……."

쓰게 웃는 구상원.

"정희찬 씨와의 협상을 통해 사실은 증여가 아니라 채권이라는 걸 인정받아야 합니다."

"네? 그렇게 되면……."

"이미 소송 중이니까 1억 2천만 원과 이자까지 해서 모두 갚으셔야 합니다."

그 말에 송요희는 정신이 아득해졌다.

그 돈이 없어서 이렇게 생쇼를 한 게 아니던가? 그런데 이제 와서 그걸 갚으라니?

"진짜요? 방법이 그것뿐이에요?"

"네. 그런다고 해도 일단 뉴스에 나간 이상 처벌 자체는 막을 수 없습니다."

다만 증여받은 게 아니라 채권인 이상 해직만은 면할 수 있을 정도의 상황이었다.

"다른 방법은요?"

이 상황에서도 송요희는 절대로 자존심을 굽힐 수가 없었다.

하지만 이런 문제는 자존심으로 해결할 수 있는 문제가 아니었다.

"방법이 없습니다. 지금 상황에서는요."

"지금이라도 세금을 내면……"

"그건 이번 사건을 해결하는 데에 큰 영향을 못 줄 겁니다."

이 사건의 핵심은 '직위를 이용해서' 세금을 내지 않았다는 거다.

"과거에 이미 세금을 내지 않았다는 것이 문제인 거지 이제 와서 낸다고 해도…… 글쎄요."

물론 지금이라도 세금을 내면 정상참작의 여지가 있긴 하다.

문제는 이미 얼마 전에 징계 위원회가 열려서 처벌 직전이라는 거다.

"두 개가 같이 엮인다고요? 같은 거 아니에요?"

"엄밀하게 말하면 그 두 가지는 다릅니다. 그 노형진이라는 변호사가 머리를 엄청 잘 썼네요."

일전에 열린 징계 위원회는 지원받고 나서 사회적으로 지탄받는 행위를 했다는 것 때문에 열린 것이었다.

그러나 이번 사건은 탈세와 관련해서도 얽혀 있다.

품위 유지 위반과 탈세, 이 두 개는 하나의 사건으로 발생한 것 같지만 법적으로 보면 완전하게 개별적인 사항에 들어

가기에 결과적으로 두 번의 징계가 예정된 것이다.

"솔직히 말씀드리면 이건 지금이라도 갚는다고 해야 합니다."

"하지만 제게 그럴 돈이 어디 있어요!"

물론 아예 없는 건 아니다.

실제로 그녀가 결혼 자금으로 쓰기 위해 조금 받아 둔 게 있기는 하니까.

"나중에 갚겠다고 하면서 최소한 채권이라는 보장이라도 받아 오셔야 합니다. 그거 말고는 방법이……."

그 말에 송요희는 정신이 아득해졌다.

⚖

"정 서방, 우리 애가 실수한 것 같은데 한 번만 봐주게나."

"우리가 집을 팔아서라도 갚을 테니까, 응? 제발 한 번만 봐주게나."

출근하려던 정희찬은 자신의 집으로 들이닥친 송요희의 부모를 보고 기가 막혔다.

"지금 그걸 말이라고 하시는 겁니까?"

오래 사귀었기에 송요희의 부모도 정희찬을 알고 있었다.

그럼에도 불구하고 송요희가 5급 공무원으로 합격하고 나서는 돌변해서, 급이 맞는 상대를 사귀어야 하는 거 아니냐고 했었다.

그러면서 송요희의 어머니는 남자란 새끼가 쪼잔하다고 이빨을 드러냈고, 아버지란 인간은 사랑하면 놔줘야 한다는 개소리를 찍찍 했다.

그런데 갑자기 자기들이 다급해지니까 한다는 말이 '정 서방'이다.

"일단 전 요희랑 결혼한 적 없으니까 정 서방이라고 부르지 마시고요."

"아니, 정 서방, 이러지 말고……."

"뒤통수를 친 건 요희지 제가 아닙니다."

"지금 요희도 많이 반성하고 있어. 한 번만 봐주게나. 살다 보면 실수를 할 수도 있는 일 아닌가?"

"아니, 이게 반성으로 해결될 일입니까? 걔랑 저는 끝났다니까요."

"제발 부탁이네, 정 서방. 한 번만 기회를 줘."

"제가 그 말을 한두 번 한 줄 아십니까? 하지만 요희는 저를 스토커로 신고했지요. 그런데 저한테는 신고를 취소하고 한번 기회를 주라고요? 제가 왜요?"

이미 기회가 오니 자신을 버려 버린 여자다. 그런 여자가 나중에 다시 똑같은 짓을 하지 말라는 보장이 어디에 있단 말인가?

"저는 기회를 줄 생각이 없습니다. 이만 가십시오."

"정 서방! 정 서방!"

정희찬은 차를 끌고 출근했으나 곧 다급하게 자신의 차를 따라오는 송요희의 부모의 존재를 알아차리고 눈을 찡그렸다.

"머리 아프네, 진짜."

⚖️

"그래서 가슴 아프세요?"

"뭐, 편하지는 않습니다."

노형진은 정희찬의 말에 고개를 끄덕거렸다.

"뭐, 흔하게 쓰는 방법입니다."

"흔하게 쓰는 방법요?"

"본인이 사과하기에는 자존심이 상하고, 그렇다고 이대로 있다 보니 인생이 좆 될 것 같고, 어떻게 해서든 사건은 무마해야겠고, 그런데 이미 사이가 틀어져서 합의는커녕 주먹이 날아오지 않으면 다행인 상황일 때 누가 나서서 그걸 해결해 주려고 하겠습니까?"

"부모님이라는 건가요?"

"네. 아마 정희찬 씨는 송요희 씨 부모님과 나름 사이가 좋았을 것 같은데요."

"그거야…… 그렇지요. 그런데 어떻게 아신 겁니까?"

"당연한 거죠."

집이 가난해서 제대로 지원도 못해 주는 친딸이 공부할 수 있게 지원해 주는 사윗감을 싫어할 부모는 없다.

"다만 그 후에 눈깔이 삐어서 그렇지."

노형진의 말에 정희찬은 쓰게 웃었다. 하긴, 그건 사실이다.

"그래서 어찌하실 생각입니까?"

"네?"

"솔직히 여기서 멈출 수도 있습니다. 돈이 목적이라면요."

"돈이라……."

"솔직히 말해서 말입니다, 깔끔하게 정리하려면 이 시점에서 끝내는 게 맞습니다."

저쪽은 다급한 상황이다. 지금이라면 확실하게 돈을 받아 내거나 차용증을 받아 낼 수 있다.

"그리고 5급 공무원이면 대출도 쉬운 편이고요."

"그러면?"

"네, 돈을 목적으로 하고 상대방을 다시는 안 볼 생각이라면 그냥 이쯤에서 합의서를 쓰고 징계가 끝난 후에 대출을 받도록 해서 돈을 토해 내게 하면 됩니다."

은행에서 대출을 해 주면서 회사의 징계 기록 같은 것까지 요구하지는 않으니까.

5급 공무원이면 1억 정도는 쉽게 나올 테고, 부모들 역시 어떻게 해서든 돈을 구해서 갚으려고 할 가능성이 크다.

그러니 1억 2천이라는 돈은 어렵지 않게 받아 낼 수 있다.

"하지만 복수를 원한다면, 합의는 없죠."

돈 대신에 복수.

그러면 돈은 받아 낼 수 없을지언정 그녀의 인생은 시궁창에 처박을 수 있다.

"잠깐…… 고민 좀 해 봐도 되겠습니까?"

"그러세요. 시간이 없는 건 아니니까."

노형진은 고개를 끄덕거렸고 정희찬은 고민하는 눈치로 밖으로 나갔다.

그러자 함께 있던 김승연이 고개를 갸웃하면서 물었다.

"평소의 노 변호사님이랑 다르네요."

"뭐가요?"

"평소에 노 변호사님은 철저한 응징을 부르짖는 타입이셨잖아요. 당연히 복수를 종용하실 줄 알았는데."

노형진은 그 말에 머리를 긁적거렸다. 확실히 그런 이미지가 있으니까.

"음…… 그건 오해이긴 한데……."

"오해요?"

"네. 제가 평소에 복수를 외치는 건 당연히 피해자들이 그걸 원하기 때문입니다. 돈이 아니라요."

"그런데요?"

"이런 건에서는, 피해자가 어느 쪽에 더 비중을 두게 될지 알 수가 없으니까요."

1억 2천. 아무리 정희찬이 스톡옵션으로 대박을 냈다고 해도 절대 적은 돈이 아니다.

"감정이 아직 식지 않았을 가능성도 있다고 생각하시는 거예요?"

노형진은 아리송하다는 듯 말하는 김승연의 질문에 고개를 좌우로 흔들었다.

"그건 아니고요. 뭐랄까, 이번 사건에서도, 정희찬 씨를 보고 있으면 복수보다는 피로감이 더 강해요."

"피로감요?"

"정희찬 씨가 이야기할 때 화내거나 흥분하거나 하는 모습을 보신 적 있습니까?"

"어…… 그러고 보니 없네요."

"그렇지요? 진짜로 분노했다면 아마 엄청나게 화를 냈을 겁니다."

어디선가 사랑과 증오는 한 끗 차이라고 했다.

고통스럽다는 건 반대로 그에게 감정이 남아 있다는 소리다. 그랬기에 배신이 더더욱 아픈 거다.

"기대했기에 배신이 더 아프다, 뭐 그런 건가요?"

"맞습니다. 하지만 정희찬 씨는 그게 아니에요. 그냥 처음부터 담담하더라고요. 그러면 보통은 그냥 지친 겁니다."

그렇게 지친 사람에게 계속 복수하라고 주장하는 건 변호사가 해서는 안 될 일이다.

"변호사는 의뢰를 받아서 일하는 대리인입니다. 아무리 그를 대리한다지만 그 사람의 생각을 우선하는 건 당연한 거죠."

"으음……."

그 말에 김승연은 약간은 혼란스러운 듯 머리를 긁었다.

"결국 최종 선택은 정희찬 씨가 해야 한다는 말입니다."

"무슨 뜻인지는 알겠네요. 그런데 정희찬 씨는 어떤 선택을 할까요?"

"글쎄요."

노형진은 정희찬이 나간 문을 바라보면서 말했다.

"아마도 그건 송요희 씨가 결정하게 될 겁니다. 역설적이게도 말이지요."

⚖️

정희찬은 확실히 지쳐 있었다.

노형진의 말대로 싸우는 것보다는 그냥 빨리 일이 정리되었으면 하는 마음이 우선이었다.

물론 이대로 당할 수는 없다는 생각에 일단 소송했지만, 변호사가 대부분의 일을 해 준다고 해도 결국 감정적인 스트레스는 어쩔 수가 없는 부분이 있었다.

그 때문에 그는 사건 전면에 나서지 않았음에도 불구하고 지칠 대로 지친 상황이었다.

돈? 물론 1억 2천이라는 돈이 적은 건 아니다. 하지만 사람이 너무 지치면 돈도 안 보이기 마련이다.

　그래서 정희찬은 멈추려고 노력했다.

　"나다."

　요즘은 찾기 힘든 길거리에 있는 공중전화. 그걸 하나 찾은 정희찬은 송요희에게 전화를 걸었다.

　자신의 핸드폰 번호는 송요희에게 차단당했기 때문에 공중전화로 전화를 건 거다.

　―…….

　그러나 수화기 너머에서는 아무런 목소리도 들리지 않았다.

　하긴, 당혹스러울 거다.

　그랬기에 정희찬은 자기 말만 했다.

　"나도 지쳤고 너도 힘들잖아? 그러니까 그냥 쉽게 가자. 한마디만 해 줘, 미안하다고. 돈은 나중에 돌려줘도 되는 거잖아. 채권으로 돌려서 나중에 준다고 해도 뭐라고 하지 않을 테니까 그냥 한마디만 해, 미안하다고. 우리 인연은 그걸로 끝내자. 너도 나 안 찾고, 나도 너 안 찾고. 그냥 그렇게 제 갈 길 가자."

　정희찬이 송요희에게 원한 건 하나뿐이었다. 바로 사과.

　그게 한때 열렬히 사랑했던 여자에게 원하는 단 하나의 조건이었다.

　사실 정희찬은 송요희가 사과할 거라 생각했다. 부모님도

와서 실수라고 했으니, 그 말을 믿고 싶었다.

거창한 사과나 변명을 원한 게 아니었다.

그냥 미안하다, 그 한마디면 다 정리하고 각자의 길을 갈 생각이었다.

하지만 송요희는 아니었다.

그녀의 머릿속에 남은 정희찬은 결별을 받아들이지 못해서 구질구질하게 매달리다가 결국 자신의 인생을 망가트린 놈이었다.

툭.

아무런 말도 없이 끊어져 버리는 전화.

정희찬은 그 상황에도 다시 한번 전화를 걸었다.

그러나 수화기 너머에서 들려오는 목소리는 잔인하기 그지없었다.

ㅡ전화기가 꺼져 있어 삐 소리 후…….

"허어?"

자신이 많은 걸 원한 걸까?

자신은 그냥 사과만을 원했을 뿐이다. 그리고 그러면 진짜 각자의 삶을 살아갈 생각이었다.

그녀도 자신도, 아직은 그럴 수 있는 기회가 충분히 있는 나이이니까.

하지만 그녀는 그렇게 생각하지 않은 모양이었다.

"실수라……."

그녀의 부모님은 분명 실수라고 했다. 그래서 정희찬도 사과 한마디로 모든 걸 마무리 지으려고 했다.

하지만 그 실수는 그녀가 아니라 자신이 할 뻔했다.

"후우. 그래, 결국 이렇게 되네."

정희찬은 핸드폰을 들었다. 그리고 김승연에게 전화를 걸었다.

"변호사님, 그냥…… 복수로 해 주세요."

더 이상 돌이킬 수 없는 강을 건너는 그에게도 이제 후회는 없었다.

"이런 경우도 흔하죠."

"이런 경우요?"

"주변 사람들은 당사자가 아니라 때때로 객관적인 판단이 가능하기도 하니까요."

남의 말만 들어서는 안 되지만 반대로 남의 말을 들어야 하는 시점도 있는 법이다.

"당사자는 객관적인 판단을 못하고 길길이 날뛰지만 도리어 주변 사람이 이걸 무마하려고 하는 경우 말입니다."

아마도 부모님은 어떻게 해서든 자식의 인생이 망가지는 것을 막고 싶었을 것이다. 그러니 어떻게, 변명해 보겠다고 온 것이리라.

"하지만 문제는, 그런다고 해서 해결될 상황은 아니라는 거죠."

상식적으로 현재 상황에서 그들이 할 수 있는 일은 없다.

물론 잘 합의되었다면 모르겠지만 애초에 이건 합의될 수가 없는 상황이었다.

"아마도 그들의 노력은 결국 거짓말로 끝났을 겁니다."

"어째서요?"

"그들은 돈이 없으니까요."

결국 1억 2천만 원을 갚기 위해서는 송요희가 대출을 받는 것이 최선이었을 것이다.

"하지만 정희찬 씨가 들은 것처럼 송요희 씨는 사과나 반성을 하고 싶지 않은 상황이니까요."

자기만 당한 것 같고 자기만 억울하고 자신이 한 짓에 대해서는 반성조차도 하지 않는 상황.

"과연 그런 사람이 대출을 받아서 돈을 갚을까요?"

"아……."

"결국 아무것도 하지 못한 채로 사건은 그냥 진행되었을 겁니다."

도리어 정희찬이 더 화나서 극단적으로 몰아붙이게 될 것이다. 마치 지금처럼 말이다.

"종종 저런 사람들이 있지요."

사과 한마디로 문제를 해결할 수 있지만 무엇보다 자신의 자존심이 소중해 마냥 피하는 사람들.

　그들은 절대로 먼저 사과하지 않는다.

　"하긴, 그런 사람이니까 결별을 선언했겠지요."

　자기는 잘못한 게 없다고 생각하니까.

　수년간의 헌신보다 외부에 보이는 자신의 모습이 더 중요하니까.

　"뭐, 방향이 복수로 잡힌다면 그대로 가면 그만이기는 하겠군요."

　"그런데 우리가 뭘 할 수 있을까요? 현재로서는 아무것도 없는 것 같은데요."

　이미 파별의 수레바퀴는 굴러가고 있다. 그리고 송요희는 절대 그걸 멈출 수 없다.

　"물론 그냥 놔둬도 해직의 가능성이 높지요. 하지만 더욱 나락으로 떨어트릴 수도 있지요."

　노형진은 코웃음을 치면서 말했다.

　"사람들은 종종 바닥 아래에 지하실이 있다는 것을 잊어버린다니까요."

⚖️

　누군가가 송요희처럼 자신의 인생을 스스로 파멸의 구덩

이로 밀어 넣고 있으면 그걸 멈추게 하려는 사람이 있기 마련이다.

가령 부모 같은 사람 말이다.

송요희의 부모는 여전히 혹시나 하는 마음에 계속 정희찬을 찾아왔다.

노형진은 정희찬에게 말해서 자신이 두 사람과 만나 보기로 했다.

"두 분이 찾아오시는 것에 대해 정희찬 씨가 상당히 부담스러워합니다."

"진심으로 제발 부탁드립니다……. 저희 딸이 어려서 실수한 것뿐입니다."

스물여덟 살이 어리다면서 한 번만 봐 달라고 비는 아버지의 모습에 노형진은 혀를 끌끌 찼다.

'불쌍하기는 하군. 하지만 결국 자업자득이지.'

상식적으로 송요희가 결별을 생각했다 해도 부모가 말렸어야 했다.

아무리 개인의 판단을 존중하는 연인끼리의 일이라지만, 최소한 돈은 갚아야 한다고 이야기했어야 했다.

하지만 그들은 급에 맞는 사윗감을 얻어야 한다고 이야기했고 돈을 갚지 않아도 된다는 말에 환호했다.

"아시겠지만 저희 의뢰인께서는 더 이상 두 분의 집안과 관련되고 싶어 하지 않습니다."

"제발 부탁드립니다, 저희가 돈은 무슨 수를 써서라도 갚을 테니……."

"흠……."

노형진은 그 말에 고민하는 듯 한참 턱을 만지작거리면서 침묵을 지키다가 두 사람에게 물었다.

"그런데 그걸 어떻게 갚으실 겁니까?"

"네?"

"그렇지 않습니까? 지금 당장 돈을 갚을 수 있는 방법이 없지 않습니까? 돈이 없을 텐데요?"

"그거야……."

"거보세요. 한 번 뒤통수를 쳤는데 두 번은 못 치겠습니까?"

"……."

이미 한 번 속였다. 그래 놓고 이제 와서 갚는다고 말하고, 어떻게 갚을 거냐고 물으니 대답을 못 한다.

이는 갚을 생각 자체가 없을 가능성이 아주 크다는 뜻이다.

"이번에 합의서를 써 드린다고 하면 말입니다, 솔직히 그걸로 처벌을 면하면 그만이니 그 후에 갚지 않으시면 저희는 그대로 1억 2천만 원을 날리게 되는 겁니다."

"……."

"그런 건 합의가 아니라 속임수라고 하지요."

노형진은 그렇게 말하면서 두 사람을 똑바로 바라보았다.

"두 분이 그걸 책임지실 수 있습니까?"

"네?"

"그렇지 않습니까? 안 그러면 저희가 뭘 믿고 합의서를 써 드립니까?"

"……."

한 번 깨진 신뢰는 이어 붙일 수 없다. 아무리 강력한 뭔가 로 이어 붙인다고 한들 결국 자국은 남을 수밖에 없다.

하물며 이건 이어 붙일 수 있는 것도 아니다.

"그러면 저희가 진짜로 보증하면 안 되겠습니까?"

"두 분이요?"

미심쩍은 얼굴로 바라보는 노형진의 말에 아버지는 굳은 얼굴로 말했다.

"저희가 월세 보증금하고 다 하면 그래도 1억 2천만 원은 나올 겁니다."

"여보!"

"아니, 그러면 어쩌라고? 아이 인생이 이렇게 박살 나는 걸 두고 보라고? 이대로 두면 애 인생이 시궁창에 처박히는 데 그러면 어쩔 거야? 어?"

아버지의 말에 어머니는 아무런 말도 못 했다. 사실이니까.

회사에서 징계 위원회가 열리기를 기다리면서 송요희는 자신의 방에서 나오지도 않고 꼼짝도 안 하고 있었다.

"그러니까 두 분이 보증을 서신다 이거군요."

"네, 저희가 보증하겠습니다."

보증 제도가 사라졌다지만 법적으로 아예 인정받지 못하는 것은 아니다. 실제로 민간 시장에서는 보증 제도가 여전히 이용되고 있었다.

"좋습니다. 그러면 합의서를 써 드리지요."

노형진은 고개를 끄덕거렸다.

합의서 작성과 보증 각서 작성 그리고 공증까지 마무리하는 데는 오래 걸리지 않았다.

노형진은 만일에 대비해서 공증 자체도 다른 법무 법인을 통해 진행했다. 새론도 공증 자격이 있지만 일단은 당사자와 관련이 있으니까.

"그럼 이건 저희가 회사로 보내 드리죠."

"감사합니다, 감사합니다."

"이제 확실하게 아셔야 합니다, 보증을 서시고 공증을 하신 이상 두 분도 책임지셔야 한다는 걸."

"네, 감사합니다. 감사합니다."

고개를 숙이면서 가는 두 사람.

그들이 간 후에 슬쩍 회의실로 들어온 김승연은 책상에 있는 합의서를 보며 한숨을 푹 쉬었다.

"여기에 낚이네요, 아무 의미도 없는 건데."

"의미가 없기는 하죠."

노형진은 정희찬을 대신해서 합의서를 써 줬다.

물론 그건 합법이다. 정희찬이 모르는 것도 아니고, 이미 동의를 얻어서 써 준 거다.

"사건이 완전히 다르니까요."

노형진이 써 준 합의서는 송요희가 정희찬을 속이고 돈을 받아서 썼으며, 그건 증여가 아니라 결혼을 핑계 삼아서 돈을 갈취한 부분에 대한 것이었다.

"애초에 우리가 거짓말한 것도 아니고요."

"그건 그런데……."

쓰게 웃는 김승연.

아마도 저들은 이 상황에서 가장 문제가 되는 탈세에 관련된 합의서를 원했을 거다.

"하지만 탈세에 대해서는 합의서를 써 줄 수가 없죠."

그건 국세청 소관이지 자신들이 합의서를 써 줄 수 있는 영역이 아니다.

거기서 벗어날 방법은 단 하나, 정희찬이 그 돈을 증여한 게 아니라 빌려준 거라고 말하는 것이다.

그건 합의서가 아니라 채권 각서를 써야 한다.

"하지만 이로써 채무 관계는 부모님에게 넘어갔습니다."

이제 굳이 송요희에게 달라고 할 필요는 없다.

그녀는 그녀대로 탈세로 처벌받게 두고, 부모는 부모대로 채권에 대한 각서를 쓴 이상 직접 1억 2천만 원을 갚아야 한다.

"처벌도 그리 가벼워지지 않을 겁니다. 품위 유지 의무 위반은 합의랑 상관없는 일이니까요."

품위 유지 의무 위반 사건은 가해자와 피해자의 관계가 아니라 속한 조직과 가해자와의 관계에 얽혀 있다.

이쪽에서 제출한 합의서는 그 결정에 영향을 미치지 못한다.

형법이야 처벌의 영역이지만 이건 회사의 징계에 관련된 영역이다.

즉, 합의서를 써 준다고 해도 회사 입장에서는 자신들이 피해자인 거지 이쪽이 피해자가 아닌지라 그걸 거의 감안하지 않는다.

"사람들은 이런 걸 잘 모르니까요."

결과적으로 합의서는 아무런 효과도 없다.

도리어 회사 입장에서는 더 화가 날 수밖에 없는 게, 본래의 방어 전략은 증여였으니까.

그런데 이 합의서는 그게 아니라 도리어 상대방을 속여서 돈을 갈취했다는 증거다.

"왠지 씁쓸하네요."

"결국 자기들이 선택한 겁니다."

멈출 기회는 많았다. 하지만 단 한 번도 사과하지 않고 끝까지 간 건 바로 그들이었다.

"이게 무슨……."

송요희는 정신이 아득해졌다.

파면. 그녀에게 내려진 징계였다.

다른 사람도 아닌 국세청 직원이 탈세를 했다. 더군다나 전 남자 친구를 속여서 돈을 갈취했다.

그리고 그게 언론을 탔다.

이쯤 되면 파면되지 않는 게 이상한 거다.

"안 돼……! 안 돼!"

송요희는 절규했다.

지금까지 이룩한 모든 것이 무너졌다.

그것도 단순히 무너진 게 아니다.

과거에는 최소한 기회라도 있었다. 하지만 이제는 그 기회마저도 사라졌다.

5년간 공무원 응시 불가.

5년 후 응시한다고 한들 합격할 수 있을까?

설사 합격한다고 한들 과연 면접에서 통과될까?

파면 기록이 있는 사람이?

"안 돼! 이럴 수는 없어!"

그러나 절망은 아직 끝나지 않았다.

"이건…… 못 이깁니다."

"뭐라고요?"

청천벽력이라고 했던가?

부모님이 자신을 구하기 위해 합의서를 작성하고 채권을

받아 왔다.

그런데 그게 문제가 되었다.

"일단 이건 답이 없습니다."

구상원은 합의서를 보고 소름이 돋았다.

마치 어떻게 해야 사람을 파멸시킬 수 있는지 공부한 것처럼 완벽한 함정이었다.

"그게 무슨 말이에요!"

"채권은 존재하지만 동시에 세금도 존재하게 되었다는 겁니다."

"네?"

그 말이 송요희는 이해가 가지 않았다.

자신이 그렇게 돈을 못 갚겠다고 버텼는데, 채권이 존재한 다니?

"일단…… 채권 자체를 인정하셨지 않습니까? 그러니까……."

"아니, 제가 인정한 게 아니라 아버지가 인정한 거잖아요!"

"그게 문제입니다."

그녀가 인정한 게 아니라 그녀의 아버지가 인정한 거다.

그렇다면 그런 경우 법적으로 어떻게 될 것인가?

"이미 송요희 씨는 채권이 존재하지 않는다고 하면서 증여받았다고 주장하셨지요?"

"네…… 그러니까 당연히 이 돈도 없는 거여야 하는 거 아닌가요?"

"그게 아닙니다. 이게 법적으로는 애매한 문제입니다만."

돈을 받아 간 송요희는 결국 그걸 주지 않기 위해 증여라고 주장했기에 증여세가 나오는 게 정상.

반대로 부모님의 경우는 그게 갈취인 걸 알면서도 방조하다가 자기들이 책임지겠다고 합의서에 서명했다.

그 결과 채권을 송요희가 아니라 부모님이 책임지게 되면서 채무자로서 이 모든 책임을 지게 되었다는 것.

"결국 세금은 세금대로 내고 배상은 배상대로 해 줘야 한다는 겁니다."

"그, 그런……."

"그리고 이런 경우는……."

구상원은 참담한 표정으로 말했다.

"못 이깁니다."

물론 긴 소송을 하고 나면 돈 자체는 탕감할 수 있을지도 모른다.

하지만 노형진은 그렇게 하게 놔둘 생각이 없었다.

⚖️

"그러니까 이걸 집행하면 안 된다는 건가요?"

"정확하게는 가압류 이상은 진행하면 안 된다는 겁니다."

노형진의 말에 정희찬은 고개를 갸웃했다. 이해가 가지 않았으니까.

"어째서요?"

"아무리 법이 물러도 이 경우 두 가지가 공존할 수는 없습니다. 표현하자면 슈뢰딩거의 채권 같은 거죠."

"슈뢰딩거의 고양이는 들어 봤는데요."

"쉽게 말해서 이런 겁니다."

채권은 존재한다. 이미 저쪽에서 각서를 쓰고 공증까지 했으니, 설사 소송을 한다고 해도 그걸 부정할 수는 없다.

그러면 문제가 되는 게 바로 저쪽의 탈세 혐의다.

이게 채권으로 존재한다면 저쪽의 탈세는 존재하지 않을 가능성이 크다.

당연하게도 그걸 증명하고 채권으로 인정받으면 저쪽은 그나마 복직을 요구할 수 있게 될 거다.

"그러니까 이건 존재하지만 존재하지 않는 형태로 존재해야 하는 겁니다."

채권을 가지고 있지만 그걸 받기 위해 실행하면 당연히 세금 문제가 해결되어 복직의 빌미가 될 수 있다.

"하지만 내용증명을 보낸다거나 하는 식의 심리적 압박은 가능하죠."

진짜로 받아 내는 게 아니라 채권을 토해 내라고 압력을 가할 수는 있다는 소리다.

"그러면 그 집안이 어떻게 되겠습니까?"

"아, 무슨 소리인지 알겠네요."

송요희의 집안은 그 정도 돈을 갚을 능력이 안 된다. 송요희는 이미 파면당했기 때문에 이제 대출조차도 못 하게 되었다.

당연히 그런 압력이 들어올 때마다 저쪽에는 엄청난 부담으로 작용하게 된다.

"나중에 돈을 받아 내고 싶으시다면 실행하면 그만이고요. 뭐, 그때쯤 되면 복직될지는 알 수 없겠지만요."

시간이 충분히 지난 후라면 더는 복직도 불가능해질 거다.

"결국 그 집안은 완전히 망한 건가요?"

"사실상 그런 거죠."

그 말에 정희찬은 즐겁다거나 하는 표정이 되지는 않았다. 그저 눈을 질끈 감은 채 의자에 깊숙이 기대었다.

"피곤하신가 보군요."

"피곤하네요."

"확실히 피곤한 일이지요."

노형진은 쓰게 웃으면서 정희찬을 바라볼 뿐이었다.

충성의 대가

　최고 존엄. 북한에서 자기들을 지배하는 자들을 부를 때
쓰는 말이다.

　그렇다면 한국에는 최고 존엄이 없을까?

　있다. 물론 대놓고 말하지는 않지만 권력기관장들쯤 되면
그 조직 내에서는 최고 존엄 소리를 듣는다.

　그리고 그런 존재가 가장 강력하게 보호받는 조직 중 하나
가 바로 군대다.

　군대라는 조직의 특성상 조사만 하려고 해도 그냥 '보안'이라
는 말 한마디로 막아 버리면 아무것도 하지 못하기 때문이다.

　실제로 최고 존엄이라고 불리는 장군들은 강간을 하거나
누군가를 패 죽여도, 증거만 없다면 아예 수사 대상에도 오

르지 않는다.

　그러나 가끔 반역이 일어나는 경우가 종종 있는데, 군 내
부의 승진 TO에 한계가 있다 보니 윗선을 모가지 쳐 내고
자기가 올라가려고 아래에서 하는 경우도 있고 라이벌을 제
거할 목적으로 하는 경우도 있다.

　"그러니까 억울하다 이 말씀이지요?"

　"나는 진짜 억울하다니까. 내가 미쳤다고 그 새끼들한테
서 돈을 받아 처먹겠냐고."

　노형진을 찾아온 남자는 권양구라고 하는 준장이었다.

　그는 현재 전국에서 가장 유명한 군인 중 한 명이었다. 그도
그럴 게, 이번에 방산 비리로 언론에 이름이 나갔기 때문이다.

　"나는 군 생활 30년 평생 단 한 번도 누군가의 돈을 탐한
적이 없어. 나를 승진시킨 사람들이 바보인가? 내가 그런 사
람인 걸 아니까 나한테 군수 지원을 맡긴 거 아니야? 그런데
그런 내가 뇌물 수수라니? 말이나 되느냐고!"

　권양구는 억울해서 부들부들 떨었다.

　자신의 30년 군 생활의 명예가 이렇게 시궁창에 처박힐 거
라고 상상이나 해 봤던가?

　그동안 단 한 번도 누군가에게서 돈을 받아 본 적이 없는
권양구 입장에서는 어이가 없는 일이었다.

　"흠……."

　노형진은 그 말에 턱을 문질렀다.

'확실히 곤란하기는 하네.'

보통 노형진을 찾아오는 사람들은 억울한 사람이 많다. 노형진이 억울한 사람 사건을 주로 담당하기 때문이다.

물론 범죄자 사건을 아예 담당하지 않는 건 아니지만, 바빠 죽겠는데 그런 사람들까지 지켜 줄 이유는 없으니까.

'그리고 기억을 봐도 확실히 억울하다고 할 만해.'

권양구는 군수 지원을 담당하는 쪽의 준장이다. 그리고 군수 지원 같은 비전투 병과에서 그런 준장급의 힘은 절대로 약하지 않다.

사실 그의 말 한마디면 납품 업체가 바뀌는 건 일도 아니다.

'그런데 진짜로 의외네.'

정말로 권양구는 깨끗했다.

단 한 번도 접대는커녕 담배 한 개비 받아먹은 적 없고, 어찌 로비 좀 해 보겠다고 업체에서 찾아오면 기겁하면서 도망을 다녔을 정도로 그는 청렴하기 그지없는 사람이었다.

"이름이 양구인데 되게 양심적이시네요."

"지금 농담이 나오나? 나는 미치겠는데."

노형진이 군인을 등쳐 먹는 지역으로 유명한 양구 이야기를 하면서 피식 웃었지만 권양구는 웃을 기분이 아니었다.

"내가 미쳤다고 20억이나 받아 처먹겠냐고."

사건의 시작은 어떤 언론사에서 터진 이야기였다.

모 대형 언론사에서 권양구의 실명을 까고 군수 지원 업무를 하면서 로비스트로부터 무려 20억을 받고 특정 업체를 밀어줬다고 공개 저격하는 기사를 올린 것이다.

"난 말이야, 절대로 그런 적이 없네. 20억? 솔직히 말해서 군수 지원에서 받아 처먹으려고 하면 20억 같은 건 푼돈이야. 50억, 100억도 받아먹을 수 있어. 하지만 난 양심적으로 일했고 조국에 충성하는 사람이야. 그런데 지금 그런 나보고 방산 비리? 내가?"

어이가 없어서 부들부들 떠는 권양구.

노형진은 그런 권양구를 진정시켰다.

"일단 변론 준비는 하겠습니다. 하지만 여러모로 복잡한 게 많군요."

"어째서 말인가?"

"안 했다는 걸 증명하는 건 쉬운 일이 아니거든요."

돈을 받지 않았다고 증명하는 건 쉽지 않다.

현금으로 주고받았다고 하면 더더욱 말이다.

이게 변론할 때 가장 힘든 것 중 하나다.

법률에서는 주장하는 사람이 해당 사항을 증명해야 한다.

그런데 그런 경우에 문제가 되는 건 안 했다는 것.

안 받았다는 걸 증명해야 한다.

'누명인 건 확실하고.'

권양구의 기억을 읽어 보면 이건 분명 누명이었다.

문제는 의심스러운 사람이 너무 많다는 거다.

'그 자리를 차지하고 싶어 하는 놈들이 넘쳐 나니.'

군 내부에서 투서를 심각하게 보는 이유가 그거다.

단순한 내부 고발이라면 모를까 투서는 조사하지 않을 수도 없는데, 진짜로 하자니 여러 가지로 문제가 많으니까.

그러면 내부 고발 시스템을 제대로 만들어 놔야 하는데 그런 것도 아니다 보니 결국 투서를 막을 방법이 없는 게 현실.

"고작 그건가? 내가 이렇게 억울한데 해 줄 말이 고작……!"

"장군님, 억울한 마음은 알겠지만 말입니다, 이 상황에서 방어를 하기 위해서는 장군님의 말씀보다는 다른 증거가 필요합니다."

"다른 증거?"

"다른 사람들의 증언이나 지지 말입니다. 그런데 솔직히 말씀드리면 그걸 기대하기는 힘들다고 생각합니다."

"어째서?"

"장군님이 돈을 받아먹지도 않으시고 아래에서 받아먹는 것도 막고 있는데 그걸 좋아할 아랫사람이 있겠습니까?"

"아니, 돈 받아먹고 쓰레기를 받는 새끼들을 그냥 두자는 거야!"

"그게 아니라 말입니다, 장군님. 받아 처먹고 싶은 부하들이 천지인데 그들이 장군님을 지켜 주겠느냐 이겁니다."

"그건…….."

"저도 군검찰에서 일해 봤습니다. 이런 경우에 부하 직원들이 어떤 행동을 할 것 같습니까? 저라면 입 닥치고 있는다에 100억 걸겠습니다."

노형진의 말에 권양구는 아무런 말도 못 했다. 자신이 생각하기에도 그러니까.

"장군님이야 억울하시겠지요. 하지만 아래에서는 이게 기회라고 생각할 겁니다."

권양구만 사라지면 야금야금 편의 좀 봐주고 쓰레기도 받아 주는 대신에 주머니를 두둑하게 챙길 수 있다.

그러니 그들 입장에서는 권양구가 빠지는 게 유리하다.

그렇다면 혹시 아랫사람도 뇌물을 생각지도 않는 바른 장교라면 이 상황이 제대로 정리될까?

'그럴 리가 없지.'

그럴 리가 없다. 왜냐하면 그들은 승진하고 싶어 할 테니까.

준장인 권양구 아래에서 일하는 사람들은 하사, 중사나 소위, 중위는 아닐 테니 분명 영관급일 것이다.

그들에게 중요한 건 과연 어떤 파벌에 서서 어떤 끈을 잡고 승진하느냐는 것이다.

"그런 상황에서 권양구 장군님의 끈이 얼마나 가치가 있을 것 같습니까, 지금?"

"그건……."

이미 언론에 이름까지 공개되면서 졸지에 방산 비리 사범으로 몰려가고 있는 그다. 사실상 그는 끈 떨어진 연 같은 상황.

"물론 일부는 장군님의 억울함을 알고 있을 겁니다. 하지만 그걸 입에 담는다고 해서 이걸 뒤집을 수 있나요? 언론에서 이미 장군님을 물어뜯고 있는데."

"……."

물론 아직 언론에서 증거를 제시하거나 하지는 않았다. 하지만 의혹 제기 자체도 불가능한 건 아니다.

문제는 이 사건이 확실히 이상하긴 하다는 것이다.

'이 사건은 누군가 조작한 거니까.'

새로운 언론법에 따라 언론에서 의혹을 제기하기 위해서는 증거나 하다못해 증언이라도 있어야 한다.

특히나 이렇게 실명을 까고 상대방을 특정해서 저격하려면 진짜 증거가 있어야 한다.

그런 것 없이 저격하면 언론은 엄청난 액수의 벌금을 내야 한다. 못해도 몇억 단위로 말이다.

그런데 권양구의 기억 속에는 그런 증거가 없다. 권양구는 정말로 깨끗한 사람이니까.

'그렇다면 벌금을 감수하고 저격했다는 소리지.'

언론이 그걸 감수한다는 건 목적성이 있다는 뜻이다.

그리고 언론에 목적성이 있다는 것 자체가 사건 조작의 증거다. 당연하게도 그 원인을 추측하는 건 어렵지 않았다.

"더군다나 말입니다, 여기는 대한민국입니다."

"뭐? 그게 무슨 소리야?"

"자기 파벌이면 300억짜리 방산 비리도 생계형 비리라고 실드 쳐 주고, 이직을 위해 국가의 인공위성을 중국에 팔아먹는 그런 나라란 말이죠. 그런 나라에서 갑자기 정의를 부르짖으면서 뉴스에 고발이 들어간 상황인데 장교들이 이게 파벌 싸움인 걸 모르겠습니까?"

"끄응……."

단순히 진실을 말하는 것의 문제가 아니라 권양구의 편에 서면 그대로 자신도 똑같이 엮일 수 있다는 소리다.

당연히 눈치 빠른 장교들은 재빨리 발을 뺄 거다.

"이건 말입니다, 단순히 장군님이 올바르다는 걸 아느냐로 해결될 문제가 아니라 부하들에게 승진 욕심이 없어야 한다는 소리입니다. 문제는 중령, 대령쯤 되는 인간들이 그럴 리가 없다는 거죠."

승진을 위해 병사들을 노예 취급하는 장교들이 넘쳐 나는 판국에 그런 인간일수록 승진이 잘되는 한국의 군 시스템 특성상 승진에 대한 욕망이 없는 사람이 있을 가능성은 낮다.

"설사 있다고 해도, 그런 사람이 장군님의 아래에 있을 가능성은 더더욱 낮죠."

"이런 씨팔."

권양구는 울컥했다.

그런 권양구에게 노형진은 한숨을 쉬면서 말했다.

"그리고, 보니까 장군님은 정치적인 라인도 없으신 것 같고."

"라인? 그런 걸 타면 제대로 된 군인이 아니야!"

"네. 그런데 그게 문제죠. 장군님을 보호해 준다고 해도 장군님은 누군가를 지킬 힘이 없다는 거."

라인이 있다면 자기 라인의 힘이 빠지는 걸 두려워해서 방어라도 해 주겠지만, 권양구의 기억 속에 라인 같은 건 없었다.

물론 알고 지내는 장군들은 당연히 있지만 그마저도 거리가 있는 다른 부서 소속이었다.

"일단은 제가 최대한 방어를 한번 해 보겠습니다."

"그러면 어쩌라는 거야. 그냥 당하라고?"

"당하시라는 게 아닙니다. 이건 아마 상당히 높은 쪽에서 수작질을 부린 결과일 겁니다."

"뭐? 그건 또 뭐야? 아래에서 내 자리를 노리고 투서한 게 아니라고?"

노형진은 그 말에 머리를 긁었다.

하긴, 평생 군문에 있던 사람이니 정치적 역학 같은 걸 제대로 알 리가 없지 싶었다.

"장군님, 이 사건은 언론에서 터졌습니다."

"그런데?"

"언론에는 보도 지침이라는 게 있습니다. 죄가 확정되지 않은 상황에서는 이름을 공개해서는 안 된다는 겁니다."

물론 완벽하게 지켜지지는 않는다.

가령 상대방이 너무 유명해서 감출 수조차도 없다거나, 정치적 목적을 가지고 경고받는 걸 감수하고 이름을 공개하는 경우 말이다.

"종종 연예인들이 뭔가에 엮이면 이름이 뭐라고 나가던가요?"

"그…… 보통…… 성으로 나가던가?"

"뉴스를 잘 안 보시나 보군요. 요즘은 성도 아닌 이니셜로 나갑니다."

가령 누군가에게 일이 터지면 S 모 씨라고 나가 버린다. 그러면 그 연예인은 심 씨가 될 수도 있고 성 씨가 될 수도 있고 수 씨가 될 수도 있다.

"그런데 이 사건은 아예 이름을 박아서 나갔습니다. 이런 사건들은 보통 정치적 사건이죠. 유명 정치인들을 매장하기 위해 벌어지는 그런 사건들 말입니다."

"그…… 그러고 보니 그렇군."

연예인 사건은 보통 이니셜로 표기되는데, 정치인들 사건은 증명되지 않아도 이름으로 나간다.

"그런데 장군님은 아예 이름으로 나갔지요. 솔직히 말해서 장군님이 대중에게 알려진 사람도 아니지 않습니까?"

즉, 그의 이름을 대중에 공개해도 딱히 알아보거나 특정할 사람은 없다는 거다. 사진은 올라가지 않았으니까.

"그런데 왜 굳이 장군님의 이름을 콕 찍어서 공개했을까요? 그리고 언론사에서는 왜 굳이 장군님 사건만 다른 사건과 다르게 실명으로 공개하기로 결정했을까요?"

그 말을 들으면서 권양구의 얼굴은 굳어졌다.

"설마……."

"단순히 아래에서 투서가 들어갔다고 장군님의 실명을 깔 이유는 없죠."

설사 같은 장군급이라고 해도 마찬가지.

준장이 군 내부에서는 강한 힘을 가지고 있을지 모르지만 외부에서는 아무런 힘도 없다.

"언론사에서 그 정도 힘을 가지고 있는 사람이 얼마나 되 겠습니까?"

"왜…… 나를……."

정치권까지 나서서 이런 짓거리를 한다는 사실에 권양구 는 충격받은 얼굴이었다.

하긴, 그는 단순하게 누군가가 언론사에 투서해서 일이 이 지경이 된 거라 생각했을 것이다.

'이름이 공개되지 않았다면 그게 맞겠지.'

하지만 사건의 조사는 진행되지도 않았는데도 불구하고 이름이 공개되었다.

그건 언론사에 어떤 목적이 있다는 뜻인데, 언론사에서 권 양구에게 원한이 있거나 개인적인 이유로 목적성을 가지고 있을 가능성은 높지 않다.

"일단은 이 사건은 제가 방어하기 위해 좀 준비해 봐야겠습다. 장군님은…… 일단은 좀 쉬시는 게 좋겠네요."

지금 노형진이 해 줄 수 있는 말은 그 정도뿐이었다.

노형진이 군의 사건을 담당한 건 한두 번이 아니지만 군 내부의 방산 비리 문제를 공격이 아니라 방어하는 것은 처음이었다.

물론 군 장교 출신으로 어느 정도 내부가 개판이라는 것은 알고 있었지만 그래도 자세한 상황을 알기 위해서는 전문가가 필요했다. 그 전문가는 다름 아닌 남상진이었다.

군 내부에서 로비스트로 일하는 남상진이라면 충분히 사정을 알고 있을 테니까.

"오랜만이군. 아직도 은퇴하지 않았네."

"너야말로."

남상진은 시큰둥한 표정으로 말했다.

"이번에는 어쩐 일이지? 신경도 안 쓰더니만."

"우리가 웃으면서 만날 사이는 아니잖아?"

조용한 커피숍.

노형진의 말에 남상진은 고개를 끄덕거렸다.

"그렇지. 그러니 돌려 말할 필요도 없고. 무슨 일이지?"

"권양구 준장이라고 알아?"

"군수지원사령부 권양구 준장?"

"그래, 그 사람 사건이야."

"요즘 시끄럽더라니, 역시나 그랬군."

언론에서 대놓고 권양구를 저격하고 있으니 당연히 그가 실력 있는 변호사를 살 거라 예상하는 건 어렵지 않았다.

이건 절대로 쉬운 사건이 아니니까.

"뭐, 서비스 차원에서 말한다면, 그 인간은 이빨도 안 들어가."

남상진은 딱히 중요한 이야기도 아니라는 듯 말했다.

"최소한 언론에서 말한 부도덕한 장교는 아니라는 거지."

"알아. 내가 궁금한 건 그로 인해 군 내부의 분위기가 어 떠냐는 거야."

"비리 사건 말인가?"

"아니, 그게 아니라 권양구 준장이 부임하고 나서 군수사령부 분위기 말이야."

그 말에 남상진은 피식 웃으면서 자신의 핸드폰을 톡톡 쳤다. 그러자 노형진은 쓴웃음을 지으면서 계좌 이체로 돈을 보내 줬다.

액수를 확인한 남상진은 만족스럽다는 듯 고개를 끄덕거렸다.

"기존에 거래하던 업체 중에서 마흔일곱 군데가 탈락했고 그중에서 열일곱 군데가 망했지."

"이유는?"

"뻔한 거 아닌가?"

"하긴."

권양구가 그들을 쳐 낸 이유는 간단하다. 말도 안 되는 쓰레기를 납품하고 있었으니까.

"그 후로 심사 기준이 강화되었어. 특히 군 내부에서 실사 팀을 굴리는 게 문제가 되었지."

"실사 팀?"

"그래. 몰랐나?"

"뭐, 군납 비리의 문제는 알지만 실사 팀을 굴린 건 몰랐지."

"사실 군납 비리 털어 내는 데 가장 확실한 건 실사 팀이니까."

군납이 깨끗하게 이루어질까? 아니다.

사람들은 단순히 공장에서 질이 좋지 않은 걸 납품하는 것만 군납 비리라고 생각한다.

하지만 현실적으로는 그런 군납 비리보다는 아예 납품 계약 단계에서부터 비리가 시작된다.

"뭐, 우리나라 군대의 가장 큰 문제지."

한국에서는 중소기업을 우선 밀어준다는 명목하에 일단 작은 업체들부터 납품 자격을 주는 제도가 있다.

그런데 이 과정에서 어떤 식으로 장난을 치느냐면, 자격이고 뭐고 일단 들이밀어 버리는 거다.

대표적인 예가 바로 특전사용 칼과 군용 CCTV다.

특전사용 칼은 미용실에서 납품했고, 군용 CCTV는 고물상에서 납품했다.

이게 무슨 소리냐면 방산 관련 업체가 아닌데도 그냥 일단 제품을 밀어 넣고 약간의 돈을 주면 실사 팀에서 진짜 납품 업체인지 아니면 가정집인지 확인도 하지 않고 자격을 준다는 거다.

결과적으로 특전사용 칼은 계약은 미국 군용 납품 업체 물건이었는데 받아 보니 중국산 짝퉁이었고, 군용 CCTV 역시 계약은 국산 카메라였지만 알고 보니 중국에서 통제받는 중국산 카메라였다.

"군납용품의 대부분이 이런 식으로 유통되지."

남상진은 어깨를 으쓱하면서 말했다.

"그리고 그걸 당신 같은 사람이 하고?"

노형진이 살짝 비꼬자 남상진은 코웃음을 쳤다.

"내가 거지로 보이나? 그런 짝퉁은 취급도 안 해. 브로커도 결국은 믿음이 가장 중요해. 돈 받고 하급의 물건을 팔아먹으면 그건 브로커가 아니라 사기꾼이지."

제대로 된 물건을 제대로 비싸게 팔아먹는 게 브로커지, 그런 걸 팔아먹는 놈들은 사기꾼이라는 남상진의 말에 노형진은 그냥 웃고 말았다.

솔직히 그런 마음을 가진 건 극히 일부일 테니까.

"어찌 되었건 권양구 준장 그 사람이 제대로 실사 팀을 운영하면서 여러 사람들이 손해를 봤지."

"하긴, 제대로 현장 확인만 하면 문제 될 게 없기는 하지."

최소한 납품 업체가 제대로 된 제작 업체인지, 아니면 그냥 가짜 사무실만 운영하는 건지는 현장에 가면 다 알 수 있다.

"문제는 그렇게 해 처먹던 장군들이나 국회의원들이 더 이상 못 해 먹게 되었다는 거지."

"그 규모가 큰가 보군."

"크지. 아마 못해도 매년 5천억 이상은 해 처먹던 곳이 바로 국방부니까 손해가 이만저만이 아닐걸. 요즘같이 국방 개혁한다고 여기저기 돈 좀 쓰는 상황에서는 1조 가까이 해 처먹을 수 있고."

"5천억?"

"애초에 국가라는 조직의 감시 조직이 그렇게 허술한가? 최신 군함에 어선용 어군탐지기가 올라가는 건 말이 되고?"

"하긴, 그건 아니긴 하지."

아무리 국가에서 그런 문제에 신경 쓰지 않고 군 내부에서 기밀이라고 틀어막는다고 해도, 기본적인 감시 시스템이 없을 리가 없다.

"상식적으로 말이야, 로드뷰에 주소만 치면 그 장소에 뭐가 있는지 알 수 있는 시대야. 고물상에서 카메라를 군납하고 미용실에서 특전사용 칼을 군납하는 게 가능하다고 생각해?"

"하긴, 그건 그렇군."

그런 물건들이 통과된다는 건 최소한의 감시 시스템도 작동하지 않는다는 거다.

그리고 그렇게 되려면 최소한 준장급 이상의 권력을 가진 장군이나 아니면 국회의원 정도의 힘을 가진 사람들의 입김이 있어야 한다는 뜻이다.

"당장 그 칼 사건만 해도 말이야. 아마 그 미용실 뒤에 국방위원회의 국회의원이 있었다지?"

남상진은 아주 진지한 얼굴로 말했다.

"먹고 마시는 모든 물건, 수통, 방독면, 방탄복에 방탄 패널. 다 그딴 식이지. 내가 장담하는데, 전쟁이 터지면 최소한 3분의 1은 제대로 작동하지 않을걸."

노형진은 그 말에 부정하지 않았다. 농담이 아니라 진짜로 그러니까.

당장 대한민국 군대에서 국산 총기라고 자랑하는 K3 기관총만 해도 서른 발 이상 쏠 수 있는 총이 전체 수량의 3분의 1이 안 된다는 말이 나오는 판국이다.

기관총이니 당연히 적이 몰려올 때 제압 가능해야 하지만 K3 기관총은 그게 불가능한 상황이다.

즉, 현시점에서 대한민국 군대에는 기관총이 없다고 봐도 과언이 아니다. 교전이 시작되면 아마 대부분이 기능 고장을 일으켜서 멈춰 버릴 테니까.

그리고 이 문제가 터진 지 30년이 지났지만 여전히 대한민국은 고치지 않고 있다.

문제를 모르는 게 아니라 두둑하게 받아 처먹고 그냥 모른 척하는 거다.

"뭐, 그리고 소문도 있었고."

"소문이라……. 역시 뭔가 알고 있나 보군."

예상대로 남상진은 뭔가를 알고 있었다.

하긴, 군사 물품을 취급하는 브로커이다 보니 군대의 음지의 정보에 대해 빠삭할 수밖에 없을 거다.

"별건 아니야. 이번 기회에 권양구를 묻어 버리고 다시 군납 비리를 하겠다, 뭐 그런 거지. 한두 번도 아니고."

"한두 번이 아니다?"

"설마 군납 비리를 박멸하려고 한 장군이 권양구가 처음일 거라고 생각하는 거야?"

대한민국의 60년 역사에 멀쩡한 장군이 없었을 리가 없다.

당연히 그들은 군납 비리를 근절하려고 했다.

하지만 대부분의 말로는 권양구처럼 군납 비리에 얽혀 처 벌받는 것이었다.

"대부분의 사건은 말이야, 진짜 군납 비리가 아니라 그걸 핑계로 쳐 내는 거야."

사람들이 보기에는 군납 비리가 끊임없이 벌어지는 것처럼 보이지만 일부는 그렇게 숙청을 위해 조작된 것이라는 것.

"뻔한 거지. 그렇게 군납 비리로 수십억 수백억을 쌓아 둔 장군이 그 돈으로 위로 올라갔는데 그 후에 아래에서 군납 비리를 캐는 놈이 나오면 똥줄이 타거든."

한번 터진 군납 비리가 전임인 자신에게 도달하지 않을 리가 없으니까.

"그때는 역으로 자기 인맥을 통해 그걸 조사하는 사람을 정리하는 거지. 지금은 아예 예방적 차원에서 좀 깨끗한 사람이라 미리 쳐 내는 거고."

즉, 권양구는 그런 고전적인 방식의 희생양이 된 것이다.

"그러면 그 경우의 해결 방법은?"

"없지. 이미 업체들과 다 이야기가 맞춰져 있어. 서류에서부터 증인들까지 다 완성된 상태야. 권양구는 절대 군납 비리에서 못 벗어나."

남상진은 확인해 주듯 강하게 말했다.

"군납 비리로 걸려도 업체의 자격이 박탈되지는 않으니까."

실제로 썩은 식자재를 공급했다는 사실이 몇 번이나 발각되어도 국방부에서는 그 업체를 쳐 내지 않는다.

이유는 간단하다. 그들이 뇌물을 주니까.

그러니까 병사들이 먹는 음식에 곰팡이가 나도, 계란이 썩어 문드러져도 무시하는 것이다.

"애초에 그런 걸로 누가 죽어도 장군은 다치지 않거든."

그런 일이 터지면 다치는 건 군 내부에서 병사들의 식사를 담당하는 하사관인 급양관을 비롯한 하급 장교들이다.

어차피 장군들은 직접적으로 자기들이 공급하지 않는다는 핑계로 어떠한 처벌도 받지 않는다.

"역시 예상대로인가."

노형진은 턱을 만지작거리며 고민에 빠졌다.

저쪽에서 증거를 만들어 놨을 거라는 생각은 했다.

'이러면 방어하기가 곤란하지. 하긴, 다른 장군들이라고 변호사를 사지 않은 건 아닐 테니까.'

더군다나 군인이라는 직업은 자기방어가 상당히 불리하다.

그도 그럴 게 저쪽에서 거의 모든 증거를 준비했을 때 그나마 방어할 수 있는 게 그날 거기에 없었다는 증거 정도다.

그런데 문제는 군인이라면, 특히 장군들이라면 아무래도 비상시에 대비하느라 그들이 어디로 움직일지 주변에서 알 수밖에 없다는 것이다.

정확하게는 국방부에서 그걸 어느 정도 컨트롤하기에, 변명할 수 없는 시간을 특정하는 게 불가능하지 않았다.

"그런데 왜 깨끗한 사람이 올라가게 두는 건데? 그럴 거라면 차라리 더러운 놈을 올리면 되잖아?"

"굴러다니는 흔해 빠진 영관급도 아닌 장군급이잖아. 인사 권한은 VIP 소관이니까."

물론 청와대도 장군을 인선할 때 기존 장군들의 보고를 많이 참고하지만 100% 믿지는 않는다.

그도 그럴 게, 그 장군들에게 파벌이 있다는 것쯤은 다 알고 있기 때문이다.

군법상 군 내 사조직이나 파벌은 금지되어 있지만 사람 사는 세상이 어디 그렇게 굴러가던가?

그래서 그들도 장군 인선을 할 때 나름 청렴한 사람을 올리려고 한다. 하지만 그런 식으로 내부에서 찍어 내다 보니 결국 더러운 놈들만 살아남는 구조가 되는 것이다.

'틀린 말은 아니지.'

점진적인 개혁? 자정작용?

노형진은 그런 걸 믿지 않는다.

지금까지 그런 말을 한 수백 개의 조직이 있지만 그들 중 성공한 곳은 단 한 곳도 없다.

모두 외부의 힘이 어느 정도 작용해서 강제해야 정화가 이루어졌다.

"그런데 이걸 어찌하려고? 솔직히 이건 국방부 전체를 적으로 삼는 문제야."

남상진은 느긋하게 말했다.

"네가 그동안 맡았던 자잘한 사건들하고는 전혀 다른 문제라고."

지금까지는 부패한 하급 장교나 장성급 한두 명의 문제였지만 이건 국방부 전체와 싸워야 할 정도로 큰 건이라는 것.

"그 정도로 방대한가?"

"장난 아니지. 더군다나 이번에는 너도 쉽지 않을걸. 네가 그걸 고치려고 하면 어떻게 될 것 같아? 또 대기업을 밀어준다고 난리가 날걸."

"무슨 소리인지 알겠네."

노형진은 고개를 끄덕거렸다.

지금 국방부는 한국의 중소기업을 밀어준다는 조건으로 자기들을 보호하고 있다.

그런데 만일 노형진이 그들을 공격한다면?

당연히 그들은 중소기업을 지켜야 한다는 논리로 반격할 것이다.

"하여간 그냥 뭔 일만 있으면 인질극이지."

노형진은 머리를 북북 긁었다.

한국은 뭔 일만 터지면 아랫사람들, 가난한 사람들을 인질 또는 방패 삼아서 헛소리를 한다.

당장 한국에서 가장 유명한 사건이 군 가산점 사건이다.

지금이야 그게 한국 여성계가 저지른 일이라는 걸 알고 있지만 그 당시에 그 여성계는 자기들이 욕먹기 싫으니까 장애인들을 방패로 세워서 헌법 소원을 냈었다.

"그래, 그런데 할 수 있겠어?"

"어. 뭐, 어려운 건 아니지."

노형진은 어깨를 으쓱했다. 그리고 씩 웃었다.

"일단 지금 시점에는 더더욱 말이지."

독침 전략이란 이런 것

"일단 이 싸움은 개싸움으로 몰고 가죠."

"개싸움? 무슨 소리인가?"

"국방부의 얼굴에 똥칠을 하자 이겁니다."

"뭐?"

권양구는 눈을 찡그렸다.

그는 군인이다. 그런데 국방부에 똥칠을 하자니.

"저쪽에서 장군님 얼굴에 똥칠하려고 하는데 그냥 당해 주시려고요?"

"아니, 그건 아니지만⋯⋯."

"때로는 말입니다, 이쪽에서 같이 죽자는 전략을 써야 합니다. 고슴도치 전략을 한국에서만 쓰라는 법은 없지 않습니까?"

고슴도치 전략, 또는 독침 전략은 한국에서 쓰는 전략이다.

쉽게 말해서 '네가 나를 죽일 수는 있겠지만 나도 곱게 죽어 주지는 않는다. 너도 반병신은 만들고 죽을 거다.'라는 전략이다.

"솔직히 한국의 주변에 싸워서 이길 나라가 있나요?"

"없지."

중국도, 러시아도, 일본도 만만한 나라가 아니다. 엄밀하게 말하면 한국이 불리해도 너무 불리하다.

"중국이나 러시아는 말할 필요도 없고, 우리가 깔보는 자위대도 군사적으로는 우리보다 강합니다."

자위대라고 많이들 욕하지만 한국군이라고 나을까?

그럴 리가 없다.

한국군에서는 여전히 2차대전 때 장비가 유통되고 있고 병사들을 노예 취급하는 장군들이 지휘권을 가지고 있다.

심지어, 군에 갔다 온 사람들은 알겠지만 훈련하는 시간보다 작업하는 시간이 더 많다.

전투 병력이 아니라 노예로 본다는 확실한 증거다.

거기다 지금까지도 심리적 감정 운운하면서 전투 병력이 부착물을 쓰지 못하게 할 뿐만 아니라 현대전의 필수라고 하는 시가전 연습도 전혀 시키지 않는다.

장군들 입장에서는 병사란 언제든 보충할 수 있는 일회용품인데 그런 사람들에게 비싼 총기 부착물을 사 주기 아깝기 때문이다.

구 일본군 시절에 병사들의 별명이 50전이었다고 한다.

왜냐하면 50전짜리 우표 하나 붙은 소집 통지서 한 장이면 무한대로 보충할 수 있다고 생각했기 때문이다.

과연 한국이라고 다를까? 한국의 징집률은 98%가 넘은 지 오래고 패망 직전의 구 일본군보다 징집률이 높은데?

과연 군 내부에서 최고 존엄이라 불리는 장군들이 병사들을 사람으로 생각할까? 아마 그런 장군은 극히 일부일 거다.

"솔직히 말해서 대한민국 국군 말입니다, 배우는 건 존나게 삽질하는 것뿐 아닙니까?"

"끄응……."

그나마 참호라고 파지만 그것도 제대로 파는 것은 아니다.

왜냐하면, 훈련 지역에서 땅을 깊이 파면 나중에 메꾸는 것도 일이니까.

당장 1차대전 영화에만 봐도 사람 두 명이 쑥 들어가서 서 있을 수 있는 게 바로 참호인데, 한국 참호는 개인용 참호를 파는 수준.

전 세계적으로 군사 대국이 맞기는 하지만 그 숫자에 비해 실전적 능력은 떨어지는 게 대한민국의 현실이다.

"그러니까 독침 전략을 쓰는 거 아닙니까? 같이 죽자."

"끄응……."

너 하나는 병신 만들고 죽겠다는 전략.

그 전략은 의외로 잘 먹힌다.

그도 그럴 게, 주변에 강대국이 워낙 많기 때문이다.

가령 중국이 한국을 침략했다고 치자. 그래서 한국이 독침 전략을 발동해 중국의 동부 해안 지역을 작살냈다고 치자.

불가능하지는 않다. 한국은 미사일 숫자도 많고 해군력도 약하지 않으니까.

중국은 동부에 주요 산업도시가 몰려 있다.

아니, 그걸 떠나서 미사일로 중국의 최대 댐인 싼샤댐만 날려 버려도 동부의 절반은 박살 난다.

그러면 걸레짝이 된 중국을 다른 나라가 갈가리 찢어 먹을 거다.

유럽처럼 다른 나라의 도움에 기댈 수도 없다.

그나마 우방이라고 할 수 있는 게 일본인데, 일본은 혼란을 틈타서 침략을 하지만 않아도 다행인 수준이니까.

말이 우방이지 여전히 뒤통수가 근지러운 대상일 뿐이다.

"그런 독침 전략을 우리라고 쓰지 말란 법 있습니까?"

"법적으로 독침 전략을 쓸 수 있다고?"

"네."

"이해가 안 가는구먼."

권양구는 눈을 찡그렸다.

"뭐, 난 장군이지 법률 전문가는 아니지만."

"장군이든 변호사든 상관없습니다. 기본적으로 인간의 심리에 관한 내용이니까요."

"그래서 어쩌라는 건가?"

"아마 조만간 일이 터질 겁니다. 모든 사람들의 시선이 국방부로 쏠릴 테고요. 그때 방법을 쓰면 됩니다."

"나 말고 일이 터질 거라고?"

"네. 국민들이 더욱 들고일어날 일이 벌어날 겁니다."

노형진은 씩 하고 웃었다.

⚖

얼마 후 노형진이 말한 일이 터졌다.

다름 아닌 군대의 부실 급식 사건이었다.

원래 군대에서는 정해진 양만큼 배식이 나온다. 그 양은 부족할지언정 그래도 못 먹을 정도는 아니었다.

그러나 이번에 터진 일은 국민들의 분노를 사기 충분했다.

–우리 부대에서 나온 급식입디다. 거짓말이 아니라 지난 3주간 이따위로 나왔습니다.

핸드폰이 지급되면서 터진 부실 급식 논란.

사진 속의 급식판에 놓여 있는 건 깍두기 세 개와 건더기가 전혀 없는 멀건 똥국(된장국) 하나뿐이었다.

그렇게 한 명이 제보하자 여기저기서 폭발적으로 부실 급
식 제보가 올라왔다.

어떤 사람은 김 한 장에 멀건 국만 있는 사진을 올렸고, 누
군가는 맨밥에 뭔지 모를 벌건 소스가 조금 들어가 있는 걸
올렸다.

상식적으로 군의 납품 시스템을 생각하면 그렇게 나올 수
가 없다. 정해진 용량이 있으니, 풍족하진 않더라도 그래도
먹을 만큼은 만들 수 있으니까.

─야. 내가 80년대 군번인데 이것보다는 잘 나왔는데?
─미친! 뭐 임오군란 한번 터져 봐야지?
─나 때도 반찬은 둘째 치고 밥은 넉넉히 먹을 만큼 줬는데 저거
뭐임? 반 공기? 아니, 두 숟갈이나 되나?

대한민국에서 군과 관련이 없는 사람은 거의 없다.

남자들은 거의 대부분이 군에 갔다 왔거나 가야 하는 상황
이고, 여자들은 주변에 군에 갔다 온 남자 형제가 있거나 자
식이 군대에 가야 하는 상황이다.

당연하게도 여론을 의식한 언론은 이에 대해 대서특필했
다.

그렇게 언론에서 부실 급식에 대해 신나게 떠들기 시작할
때쯤 권양구는 다급하게 노형진을 찾아왔다.

"자네, 이건 어떻게 안 건가?"

"핸드폰을 주면 언젠가는 벌어질 일이었습니다."

군 내부에서 보안을 외치는 이유가 뭘까? 진짜로 군대에서 군사기밀이 새어 나갈까 봐서?

솔직히 병사들이 군사기밀에 접근한다고 해 봐야 얼마나 하겠는가? 기껏해야 저녁 메뉴 정도가 군사기밀로써 얼마나 가치가 있겠는가?

군대에서 군사기밀에 접근할 수 있는 장교들은 이미 핸드폰 다 쓰고 밖에서 술 처먹으면서 군대에서 있었던 일을 떠들고 다닌다.

"군대에서 핸드폰을 막으려고 한 이유는 간단합니다. 부패가 걸리는 게 무섭거든요."

그래서 수십 년 동안 군사기밀 운운하면서 이 짓거리를 한 거다.

"그런데 이거랑 내가 무슨 관계라는 건가?"

"일단 분위기를 바꿔 주죠. 아직 재판 전이니까."

언론에서 신나게 떠들긴 했지만 증거까지 공개한 건 아니다. 그랬기에 권양구는 아직 자리를 유지하고 있었다.

물론 조만간 일이 커지면 자연스럽게 직위 해제가 되겠지만, 현재로서는 아무리 청와대라고 해도 언론 몇 곳에서 떠드는 걸로 준장쯤 되는 사람을 직위 해제시키는 건 불가능하다.

'원래 7군단장 사건도 그랬지.'

언론에서 얼마나 부도덕하고 장교로서 위험한 인물인지 떠들었지만 청와대는 도리어 그를 승진시켰다. 실적이 우선이었으니까.

결국 사망 사고와 인권 침해, 장애 발생 등의 문제가 일어나고 나서야 그를 좌천시켰다.

물론 회귀하고서는 그가 군단장을 달기 전에 노형진이 모가지를 날려 버려서 없는 일이 되었지만.

"언론에서는 지금까지 의혹만 제기하고 있었습니다. 제 정보에 따르면 조만간 조작된 증거를 터트린다고 하더군요."

"끄응……."

"그러니까 우리가 선빵을 치죠."

"어떻게?"

"범죄와의 전쟁 방식을 이용하는 거죠."

"범죄와의 전쟁?"

"네. 사실 사람들이 잘 몰라서 그렇지 한국에서 벌어진 범죄와의 전쟁은 정치적 목적이 다분합니다."

범죄와의 전쟁의 실적을 무시하는 건 아니다.

그 당시에 범죄와의 전쟁으로 엄청난 숫자의 범죄 조직이 사라지고 인신매매 등 강력 범죄가 죄다 사라졌기 때문이다.

그러나 그 이면에는 정치적 실책을 묻으려고 한 그 당시 청와대의 전략도 있었다.

"그러니까 우리도 그걸 그대로 따라 하는 겁니다."

이것이 법이다

"어떻게?"

"간단합니다. 우리가 그들의 행동을 예측하는 거죠."

노형진은 씩 웃으면서 서류를 내밀었다.

"이제 장군님은 정치 장군이 되어야 합니다."

"정치 장군?"

"국방부에서 뭔 짓을 할지 알거든요."

씩 하고 노형진은 웃었다.

⚖

군수지원사령부는 군수 관계에서는 강력한 힘을 발휘하지만 다른 부분에는 영향력이 없다.

특히 헌병 쪽에는 거의 없다고 봐도 무방하다.

물론 친한 사이라면 부탁이라도 할 수 있겠지만 권양구는 그런 사람이 아니다.

그렇다면 방법이 없느냐?

아니다. 있다.

"저희 군수사령부에서는 이번 사건의 불안감 해소를 위해 전 부대의 급양 시스템을 대대적인 조사할 예정입니다."

권양구의 말에 기자들은 시큰둥했다.

'뭐, 뻔한 거지. 하루 이틀 일이야?'

기자들은 모두 군을 제대한 사람들이기에 당연하게도 군

대에 대한 믿음이 없었다.

군대에서 일이 터지면 가장 먼저 하는 말이 바로 대대적인 조사를 한다는 거다.

그리고 거기서 끝이다.

일단 조사라도 하면 다행이지만 대부분은 조사도 안 한다.

조사한다고 해도 대충 가라로 틀어막고 그대로 사건 조사를 무마하는 것이 일반적.

언론에 터진, 피해자가 사망한 강간 사건조차도 가라로 조사하고 사건이 종결된 것으로 처리하는 군대이니 뭘 믿겠는가?

그래서 기자들은 기자회견을 한다는 말에 일말의 기대도 없이 왔다.

'다만 고작 준장 따위가 기자회견을 한다는 게 이상하기는 하지만.'

일이 워낙 커져서 국방부 차원에서 뭔가 이루어질 줄 알았는데 뜬금없이 군수지원사령부 준장이 기자회견을 하니 이상하기는 했다.

물론 군수지원사령부가 관련이 없는 부서는 아니니 그러려니 하기는 했지만.

'후우, 이건 미친 짓 같은데.'

물론 여기까지는 권양구도 알았다.

하지만 노형진이 새로운 해결책을 내세웠을 때, 이미 그는 그 계획이 미친 짓이라는 걸 알 수 있었다.

'독침 전략이라더니만.'

같이 죽자, 이게 무슨 말인지 확실하게 알 수 있는 계획.

그리고 이게 제대로 시작되면 진짜 그뿐만 아니라 여럿이 죽어 나갈 거다.

— 일단은 국민들부터 내 편으로 만들어라.

그리고 이 독침 전략에서 살아남기 위해서는 국민부터 자기편으로 만들라는 말에 권양구는 속으로 쓰게 웃었다.

"그리고 다음 계획으로 전군의 상병급 이상 모든 취사병에 대한 소환 조사가 진행될 겁니다."

"응?"

그 말에 기자들은 모두 어리둥절한 표정이 되었다. 이해가 안 갔으니까.

"이해가 안 가는데요. 지금 상병급 이상의 모든 취사병에 대해서라고 하신 겁니까?"

"네, 그렇습니다."

"아니, 그게…… 가능합니까?"

"밥은 누가 하고요?"

"순차적으로 합니까?"

문득 기자들은 호기심이 들었다.

그도 그럴 게, 상병급들이 빠지면 사실상 군대에서 밥해 먹일 사람이 없었던 것이다.

일이등병이 있기는 하지만 그 계급이 밥해 먹일 수는 없다. 실력도 없고 경험도 부족하다.

"순차적으로 하지 않습니다. 일시에 모두 불러옵니다. 기한은 닷새, 정해진 장소에서 대대적으로 조사에 들어갑니다. 이미 전군에 공문을 내렸습니다."

"뭐요? 그러면 진짜 다 굶으라는 겁니까? 식사는 어떻게 하고요?"

그 말에 권양구는 단호하게 말했다.

"전투식량으로 대체합니다."

"뭔 소리야, 그게?"

기자들은 눈을 찡그렸다.

이번 사건의 핵심은 부실 급식이다. 그런데 뜬금없이 교육한답시고 전군의 모든 취사병을 다 부르고 전투식량으로 대체한다고?

더군다나 그 기간도 무려 닷새다.

"지금 국민들을 놀리는 건가요?"

기자의 말에 권양구는 단호하게 답했다.

"아닙니다. 이참에 썩어 빠진 공급 체계를 손대려고 합니다."

"무슨 말입니까?"

"이 문제가 전군에서 터지고 있습니다. 한두 명의 소리가 아니라는 거죠. 급식에 들어가는 돈은 부족하지 않습니다.

애초에 인건비도, 세금도 붙지 않으니까요. 그런데 왜 급식은 부족하겠습니까? 위에서 해 처먹기 때문입니다."

"그런데 왜 전투식량을 먹여 가면서 병사들을 교육한다는 겁니까?"

"교육이 아니라 조사라고 말씀드렸습니다만. 누군가가 중간에서 해 처먹는다면 과연 그건 누구일까요?"

"그거야⋯⋯."

다들 말을 못 했다. 다들 병사 출신이니까.

"급양관을 비롯해서 장교들이 해 처먹었겠지요. 저희는 모두 신청한 양에 맞게 불출합니다."

최소한 윗선에서 아래로 내려보낼 때에는 속일 수 없다. 모든 기록이 다 남기 때문이다.

수량이 전산으로 처리되는 데다, 실제로 불출할 때도 그에 맞춰서 다 확인해서 사인한 뒤에 한다.

"일선 부대의 장교들이 다 해 처먹기는 하지."

급양관에서부터 일반 장교까지 와서 필요한 걸 닥치는 대로 가지고 가는 바람에 부족한 만큼 병사들은 굶는 거다.

고기가 나오면 장교들이 자기들이 처먹겠다고 가지고 오라고 하는 건 당연하고, 참기름도 훔쳐 가고 간식도 훔쳐 가고, 닥치는 대로 훔쳐 가는 중간 간부들이 넘쳐 난다.

"그걸 잘 아는 사람들이 누구겠습니까?"

"아!"

당연히 취사병이다.

그들은 식품을 직접 관리하기 때문에 누가 뭘 얼마나 가지고 가는지 잘 안다.

"취사병을 조사하겠다는 게 아닙니다. 취사병의 윗선을 조사하겠다는 겁니다. 그런데 현장에서 조사하면 취사병이 얼마나 말하겠습니까?"

상병급 이상으로 선을 그은 이유도 바로 그것 때문이다.

그 이하는 잘 모를 가능성이 크고, 설사 안다고 해도 말하기 애매하다. 군 생활이 길게 남았으니까.

하지만 상병급이 되면 알 만큼 알고 동시에 군 생활도 얼마 안 남았다. 그러니 질러도 문제가 되지 않는다.

"하지만 이걸 막기 위해 전투식량을 지급한다는 건 좀……."

"어차피 전투식량은 먹어야 합니다. 다들 그건 아실 텐데요. 군대에서 전투식량이 안 나오지는 않지 않습니까?"

"그건 그렇죠."

"그걸 나중에 푸나 지금 푸나 결국 결과는 같습니다."

전투식량이라고 유통기한이 10년, 20년 되지는 않는다. 당연히 군부대에서 전투식량이 나온 경우 유통기한이 임박하면 처리해야 한다.

그럴 때 쓰는 방법이 바로 병사들에게 밥 대신 뿌리는 거다.

"언젠가는 먹어야 하는 겁니다. 장기적으로 좋은 결과를 위해 잠깐은 인내해 주시기를 바랍니다."

"으음……."

하긴, 전투식량을 먹는 것도 하나의 훈련이라고 치면 된다.

실제로 종종 그런 전투식량을 먹어야 하는 상황이 오기도 하고.

"확실히 이러면 아래에서 장난을 못 치겠네."

두런두런 이야기하는 기자들을 뒤에서 지켜보던 노형진은 속으로 씩 웃었다.

'그렇겠지.'

군 내부에서 장난치는 짓거리가 한두 번도 아닌 게, 실제로 이 제보는 계속 터져 나온다. 무려 몇 년간.

국방부에서는 별의별 짓을 다 했다.

급식 예산도 늘려 보고 취사병 숫자도 늘려 보고 외부 인원도 고용해 봤다.

하지만 그럼에도 불구하고 이건 해결되지 않았다.

보통 원인은 세 가지다.

첫 번째는 급식 수량을 실수로 잘못 주문한 경우. 그거야 종종 있을 수 있는 일이지만 이렇게 계속 터질 수는 없다.

두 번째는 배식 실패라는, 맛있는 반찬이 나오면 앞 사람이 다 쓸어 가서 남지 않는 경우.

하지만 대부분의 부대에서는 그걸 막기 위해 일단 경계 근무자들이나 다른 작업자들이 먹는 건 따로 빼 둔다.

그리고 그런 경우 병사들도 이해하고 그냥 넘어가지, 이렇게 제보까지 하는 경우는 거의 없다.

더군다나 군대라고 해서 죄다 주는 것만 먹는 것도 아니다.

위에서 내려가는 식재료와 별개로 부식비가 따로 지급되며, 식사가 부족한 경우 그 부식비로 라면을 사 준다거나 하는 게 가능하다.

병사들 입장에서는 매일 먹는 짬밥보다는 내부에서 먹기 힘든 종류의 라면을 더 좋아할 수도 있다.

마지막, 세 번째는 장교들이 죄다 빼돌리는 경우.

지금 권양구가 조사를 하겠다는 것도 그걸 근절하기 위함이다.

당연히 이런 경우는 부식비도 빼돌린다. 물건도 빼돌리는데 현금으로 내려가는 부식비를 과연 안 빼돌릴까? 그러니 이 꼴이 나는 거다.

"이거 여럿 다치겠는데?"

"하급 장교들 여럿 목이 날아가겠어."

물론 노형진은 그것만 노린 게 아니었다.

애초에 이 계획은 장기적인 계획이다.

국민들의 지지를 권양구에게 몰아주기 위한 방법이지, 진짜로 이렇게 해서 하급 장교만 조지고 끝낼 일이 아니었다.

목표는 위에서 해 처먹는 장군급들 이상이니까.

"그리고 이번 기회에 취사장에서의 핸드폰 사용을 자유화하도록 국방부에 건의할 예정입니다."

"응? 그게 뭔 소리입니까?"

"저는 군인입니다. 군대가 어떤 식으로 행동하는지 알죠. 이런 일이 터지면 가장 먼저 하는 일이 명령으로 핸드폰 사용을 막는 걸 겁니다."

물론 장군급에서 그런 명령을 내리지는 않는다. 보통은 대대장이나 여단장급에서 혹시나 자기가 엮일까 봐 핸드폰 사용을 막아서 비리를 은폐하려고 할 거다.

'실제로도 그랬고.'

부실 급식 사건이 터졌을 때 군대에서 가장 먼저 했던 건 관련자의 처벌이나 조사가 아니라 핸드폰 사용 금지였다.

그걸 장군 입장에서 건의해서, 사용할 수 있게 해 주겠다는 거다.

'국방부 입장에서는 이러면 곤란하지.'

원래는 이런 건 국방부에서 명령으로 내리는 게 아니라 중간에서 알아서 몸보신하기 위해 금지해 버린다.

하지만 준장급이 정식으로 신청한 이상 국방부는 그에 대한 결정을 내려야 한다.

그런데 여기다가 대고 사용 금지를 내려 버리면 누가 봐도 자기들의 부실 급식을 은폐할 목적으로 한다는 것으로밖에 보이지 않는다.

당연하게도 국방부의 선택지는 사용 허가뿐이다. 음식 사진이 군사기밀이라고 하기에는 애매하니까.

즉, 급식에 문제가 있으면 바로 사진을 찍어서 올려 버릴 수 있는 상황이 되는 것이다.

"호오?"

그동안의 국방부의 뻔한 전략에 대해 알고 있던 기자들은 관심이 확 생겼다.

물론 일부 언론에서는 그에 대해 의혹을 제기하고 있었지만 도리어 그래서 좋았다.

사람들의 관심을 빨아먹을 수 있으니까.

"마지막으로 각 군에서 아버지들을 초청해 군 내부 급식에 대해 평가하려 합니다."

"아버지? 웬 아버지?"

"말을 잘못한 거 아닙니까?"

아버지라는 말에 다들 어리둥절한 표정이 되었다.

그도 그럴 게, 아예 없는 행사는 아니지만 보통은 어머니들을 초청하니까.

"어머니들이 오신다고 하면 뭐 뻔한 거 아닙니까? 아마 거기 장교들이 사재를 털어서라도 양을 엄청나게 늘릴 겁니다."

실제로 어머니들을 초청해서 하는 행사에서는 원래 지급량의 두 배씩 늘어나는 일이 흔하다.

물론 그만큼 먹어 치운 건 나중에 줄여서 채워 넣어야 한다.

"그러니까 정해진 부대가 아니라 아버지 신청자들만 비밀리에 모집해서 부대에 랜덤하게 들어가겠습니다."

"랜덤? 미친 겁니까?"

"창피할 정도로 못 먹을 음식은 애초에 내놓으면 안 되죠."

"그건 그런데⋯⋯."

"더군다나 아버지들은 다 군 생활을 해 보신 분들 아닙니까?"

즉, 일반적인 정량이 어느 정도인지 안다는 거다.

'어머님들만 데려가면 무조건 욕을 바가지로 먹게 될 테니까.'

진짜 어머니를 데리고 가서 국방부 정량을 공개한다? 그러면 아마 어머니들은 그날 밤 엄청나게 대성통곡을 할 거다.

내 자식이 이딴 걸 먹어야 하느냐며 말이다.

그에 반해 아버지들은 군대를 아니까 어느 정도 양인지 대충 감을 잡고 있다.

"그분들이 봤을 때에도 문제가 있다면 진짜 문제 있는 게 아닐까요?"

즉, 객관적으로 판단할 수 있는 건 어머니가 아닌 아버지라는 소리다.

"흠⋯⋯."

미친 짓이기는 한데 확실히 문제를 해결하기 가장 좋은 방법이기는 하다.

이런 식이라면 대부분의 부대에서는 먹는 것으로 장난치지 못하게 된다.

"하지만 급식 사진을 찍어서 올리게 하지 않습니까? 그걸로 부족한 겁니까?"

어떤 기자의 말에 권양구는 냉담하게 말했다.

"기자님은 그걸 믿으십니까?"

"그건……."

"어떤 부대에서는 뭐 삼겹살 데이니 스테이크 데이니 하는 것들이 있다고 하던데 말입니다, 그게 군대에서 가능하다고 생각하십니까?"

"……."

당연히 불가능하다. 일반적으로 모든 부식은 군수사령부를 통해 제공되니까.

물론 일선 부대장이 부대 운영비를 통해 제공하는 건 그 정도 권한이 있으니 가능하다.

하지만 그걸 먹이면 그만인 거지 굳이 기자들을 불러서 사진을 찍고 그럴까?

애초에 뜬금없이 스테이크 데이라고 고기를 공급한다고 해서 과연 취사병들이 제대로 구울 줄이나 알까?

"쇼만 하는 군대, 국민을 속이기만 하는 군대에서 벗어나 진정한 군수 지원의 개혁을 제가 이루어 내도록 하겠습니다."

권양구의 말에, 기자들은 눈을 반짝이며 신나게 기사를 쓰기 시작했다.

"위에서 난리가 났네."

"월권은 아니지 않습니까?"

"월권은 아니긴 하지."

준장, 그것도 군수사령부의 준장이라면 그럴 만한 힘이 있다.

보급의 문제가 발생했으니 해결하겠다는 건데 그걸 막을 수는 없는 노릇.

"내가 이런 미친 짓을 하게 될 줄은 몰랐는데."

권양구는 진땀을 흘렸다.

그런 권양구를 보며 노형진은 피식 웃었다.

"찍혀서 예편하는 게 누명을 뒤집어쓰고 불명예 전역당하는 것보다는 나을 텐데요."

"끄응…… 그건 그렇지."

노형진의 말에 권양구는 쓰게 웃었다.

"그나저나 진짜 개판이더군. 어이가 없어서, 진짜."

"모르지는 않으셨잖습니까?"

모를 수가 없다. 지금 장군인 사람들이라고 처음부터 장군이었던 건 아닐 테니까.

당연히 장군들도 쏘가리라 불리는 소대장 시절부터 시작했다. 그러니 일선 부대의 현실을 모를 리가 없다.

"하지만 아직도 그럴 줄은 몰랐지."

"20년 전에도 30년 전에도 다 그렇게 생각했지요. 사실 모른다기보다는, 알아도 내 일이 아니니 모른 척했겠지요."

"끄응……."

일선 부대의 부실 급식이나 횡령을 근절하는 게 중요한 게 아니라 내 승진이 더 중요하고 별 하나 더 다는 게 중요한 상황에서 과연 자기한테 영향도 못 미치는 문제가 눈에 들어왔겠는가?

"하여간 장난 아니더군."

상병급들이 와서 터트리자 부대 내부의 부실 급식과 관련된 수많은 비리들이 터져 나왔고, 덩달아 헌병대까지 바빠졌다.

"그 덕분에 확실히 분위기가 많이 바뀐 것 같아."

일부 언론에서 말한 부정부패 혐의에 대해, 인터넷에서는 과연 저런 사람이 그렇게 일하겠느냐는 이야기가 나오고 있다.

물론 한편에서는 자기가 켕기니까 저러는 거 아니냐는 이야기도 나오고 있지만.

"그나저나, 의심스러운 놈은 찾았습니까?"

"한두 명이어야지."

권양구가 군수지원사령부에 부임했을 때 그에게 잘 부탁한다는 이야기를 하려고 전화한 장성급만 백 명 단위를 넘어갔다.

그 때문에 특정 누군가를 의심하는 것 자체가 거의 불가능할 정도로 의심스러운 놈들이 많았다.

"뭐, 그럴 거라 생각했습니다."

"그런데 그쪽에서는 반응이 별로 없던데?"

"그럴 겁니다. 아직은 자기들하고 상관없는 일일 테니까요."

먹는 음식의 경우는 군수지원사령부의 권한이 워낙 강해서 자기들이 터치할 수 있는 영역이 아니다 보니 당연히 뭐라고 할 수가 없다.

그리고 지속적으로 수요가 있는 물품들의 경우 감시가 상당히 빡세게 운영되기 때문에 아무래도 그걸로 장난치기는 힘들다.

"하지만 이제 분위기가 바뀌었지요. 전 국민들이 군 내부의 부정부패에 대해 분노했거든요."

단순하게 특전사용 칼 같은 비리였다면 국민들의 분노가 이 정도까지 강하지는 않았을 거다.

하지만 이번 사건은 먹는 문제와 연관되어 있다.

한국인은 "밥 먹었냐?"라는 인사가 일반적일 정도로 먹는 문제에 진심인 민족이다.

그런데 거기다 강제로 끌고 간 병사들에게 그딴 식으로 밥을 먹였다? 진짜 임오군란이 터져도 이상하지 않은 거다.

"이제 남은 건 저쪽에서 반격하는 겁니다. 아니, 정확히는 계획을 좀 더 서두를 겁니다."

"어째서?"

"불똥이 자기 밥그릇까지 튀기 전에 차단하려는 마음도 있을 거고, 권 장군님께서 뭔가 방어하려고 하는 것일 수도 있으니까요."

그들이라고 이런 군 내부 비리에 대해 분노가 끓고 있는 것을 모를 리가 없다.

"그걸 장군님에게 뒤집어씌우려는 얄팍한 계략도 취할 만하고요."

"흠…… 그러면 이제 어쩌지?"

"슬슬 저쪽에서 움직일 테니, 그때 우리는 반격하면 됩니다."

노형진은 자신 있게 말했다.

⚖️

"권양구 그 새끼는 뭐 하는 겁니까, 갑자기?"

"뭐가 이상하니까 살려고 발버둥 치는 거 아니겠습니까?"

국방위원회 종우한 의원의 질문에 주안도 소장은 짜증 난다는 듯 말했다.

후임 하나 잘못 들어와서 이게 뭔 개 같은 경우란 말인가?

"그 새끼가 거기로 가는 걸 막았어야 했는데, 대통령 새끼가 워낙 완고해서."

사실 거기에는 자기를 밀어줄 수 있는 사람이 들어오기를 바랐지만 애석하게도 그가 할 수 있는 건 없었다.

다른 사람도 아닌 준장급을 소장이 어찌한단 말인가?

"이러면 곤란해지는 건 아닌지 모르겠네요."

"끄응……."

종우한 의원의 말에 주안도 소장은 신음을 냈다.

'이러다 나가면 좆 되는데.'

주안도 소장에게는 큰 목표가 있었다.

바로 국회의원이 되는 것.

주안도의 실력이나 실적으로는 사실 소장급 이상의 승진은 불가능하다. 그가 소장을 단 것도 기적이라고 할 정도니까.

홍안수가 쿠데타를 일으키지 않았다면 소장은커녕 대령이나 달고 예편했을 거다.

홍안수 쿠데타 이후로 별이 어마어마하게 날아가고 관련자들의 예편이 이루어지면서 말 그대로 기적적으로 소장을 달았다.

'젠장, 어떻게 단 소장인데.'

문제는 더 이상 올라갈 가능성은 없다는 거다.

그도 그럴 게, 그가 소장을 달고 큰 사고를 쳤기 때문이다.

진짜 징계 하나에 장군 자리가 왔다 갔다 하는 게 현실인데 중징계쯤 되는 감봉을 받은 이상 승진은 물 건너간 상황.

장군들의 승진 싸움에서는 가벼운 견책조차도 인생이 끝장나는데 감봉인 이상 승진은 포기해야 한다.

'내가 잡은 권력을 쉽게 놓칠 수는 없어.'

권력의 맛을 본 주안도는 그걸 계속 잡고 싶었다. 하지만 방법이 없었다.

그러다가 눈에 들어온 것이 바로 국회의원.

확실히 국회의원이 되면 권력을 계속 누릴 수 있다.

그때 마침 국방위원회의 종우한이 같이 돈 좀 벌어 보자면 서 국회의원 선거에 나가기 위해서는 돈이 필요하다고 설득 했다.

그래서 유령 회사도 만들고 여러 가지 준비를 해 놨는데, 하필이면 권양구 이 미친놈이 실사니 뭐니 하면서 어떻게 해 서든 자신을 엿 먹이려고 하고 있다는 것이 문제가 되었다.

두둑하게 챙겨서 선거 자금으로 쓰려고 했던 주안도 입장 에서 권양구 준장은 골칫덩어리였고, 그래서 자신과 비슷한 처지의 사람들과 손잡고 쳐 내기로 한 것이었다.

"이렇게 된 이상 일을 좀 빨리 진행시켰으면 하는데."

"그래야 할 것 같소. 이러다가 우리한테까지 불똥이 튀면 곤란해."

먹는 것에서 시작된 사람들의 분노는 군의 부패 쪽으로 퍼 져 갔다.

사실 원래대로라면 그냥 단순히 먹는 걸로 끝났어야 하는 사건이었다.

하지만 노형진은 핑계 김에 조사하도록 했고, 그 과정에서 군 내부의 수많은 부패 사건이 알려지면서 자연스럽게 부패 로 시선이 향하고 있는 상황.

"결국 자기 함정에 자기가 빠지는 꼴이 될 테니까 너무 걱정하지 마시오."

종우한은 불안해하는 주안도에게 미소를 지었다.

"이미 모두 입을 맞춰 놨으니까."

얼마 후 언론에서는 새로운 증거를 흔들면서 다시 한번 권양구를 저격했다.

그건 권양구에게 돈을 줬다는 내용이 적혀 있는 일종의 메모장이었다.

"성강실업이라는 곳이 어디인지 아십니까?"

"모르네. 내가 담당하던 업체가 어디 한두 곳이던가?"

"하긴, 그건 그렇겠네요. 거기서 20억을 줬다는데……?"

그 뇌물을 줬다는 메모장을 증거로 권양구를 저격하는 언론사 그리고 그 증거가 되는 메모장.

"메모장이라……. 참 애매한 증거네요."

이메일같이 서버를 조사해서 특정할 수 있는 것도 아니고, 언제든 쓸 수 있는 그런 메모장.

문제는 설사 그렇다고 해도 메모장의 증거능력을 부정할 수는 없다는 거다.

"그간의 판례를 보면 메모장은 분명히 증거로써 효과가 있을 테니까요."

실제로 여론은 벌써 저쪽으로 넘어가고 있는 상황.

"일단 성강실업이라는 곳에 대해 찾아보니까 공급한 게……
없네요."

인터넷상에서는 성강실업이라는 곳에 대해 아예 찾을 수
가 없다.

작은 마트 하나라도 인터넷에 가게 위치를 올려 두는 현실
을 생각하면 특이하다 못해 이상할 정도다.

"잠깐만 기다리게, 내가 알아보라고 했으니. 아, 왔군."

뉴스가 터지자마자 권양구가 당장 성강실업에 대해 알아
보라고 말해 둔 덕에 빠르게 성강실업의 기록을 찾을 수 있
었다.

"음…… 철조망 공급 업체군."

"철조망요?"

"아무래도 철조망도 결국 소모품이니까."

물론 한번 설치하면 오래 쓰기는 하지만 그렇다고 해서 유
지 보수를 하지 않을 수는 없다.

특수 금속도 아닌 데다가 외부에 노출되는 특성상 결국 삭
아서 끊어질 수밖에 없으니까.

특히나 군부대에서는 지속적으로 철조망의 공급 수요가
있는데, 고정된 철조망은 그나마 설치하면 터치하지 않지만
훈련 과정에서 계속 접었다 펴기를 하는 윤형 철조망의 경우

는 매년 일정 수량 이상 보급해 줘야 한다.

"주소는 어딘가요?"

"주소가…… 어디 보자…….."

"잠시만요. 문자 좀 보여 주세요."

노형진은 그걸 받아서 로드뷰를 통해 주소를 확인했다.

잠시 후 그의 얼굴에 비웃음이 떠올랐다.

"예상대로군요. 제대로 된 기업이 아니에요."

"어째서 말인가?"

"한번 보세요."

노형진은 모니터를 권양구에게 보여 줬다.

그걸 본 권양구는 눈을 찌푸렸다.

"주소를 잘못 친 게 아닌가?"

"아닙니다. 정확한 주소입니다."

"그런데 여기는 성강실업이 아니지 않나?"

로드뷰에 표시된 위치는 중국집이었다.

중국집에서 왜 뜬금없이 철조망을 공급한단 말인가?

"이 업체에서 공급하는 게 윤형 철조망이라고요?"

"윤형 철조망하고 일반 철조망이네."

군에서 지속적으로 공급받아야 하는 군용 물품 중 하나다.

특히 윤형 철조망은 현재 군부대에서 가장 많이 쓰인다.

그나마 일반 철조망은 민간인들도 경계용으로 종종 사용하
지만 윤형 철조망은 애초에 긴급 가설용으로 개설된 물건이라

군대 같은 곳이 아니면 딱히 소모할 데가 없는 물건이다.

"흠…… 홈페이지도 없고 주소도 개판이고. 전형적인 속임수 기업인데."

"그건 그런데……. 끄응…… 돌겠군."

그도 그럴 게, 어떤 회사와 물건을 계약했는지는 군법상의 기밀이다.

아무리 권양구가 준장으로 책임자이고 자신의 소송과 관련되어 있다고 해도 그걸 노형진에게 알려 준다는 것 자체가 법적으로 문제가 될 수도 있기에 철조망 기업이라는 것 말고는 말해 줄 수 있는 게 없었다.

"그래요? 그러면 한 가지만 알려 주시죠. 여기 가시철조망입니까, 아니면 면도날 철조망입니까?"

"가시네."

"대충 알겠네요. 요즘 가시철조망은 수요가 없지 않습니까?"

"없지. 지금 누가 가시철조망을 쓰나?"

철조망은 보통 선형 철조망과 윤형 철조망으로 나뉜다.

선형 철조망은 말 그대로 쭉 이어진 선형의 철에 가시가 달린 형태고, 윤형 철조망은 둥글게 말아서 펼칠 수 있도록 만든 형태이다.

그런데 철조망을 달리 분류할 수 있는데, 그건 바로 가시의 형태로 나누는 거다.

가시철조망은 옛날 방식으로, 말 그대로 가시처럼 뾰족하게 만들어진 형태다. 그리고 면도날 철조망은 가시 대신 날카로운 면도날이 달려 있는 형태다.

후자가 가격은 더 비싸지만 저지력도, 수명도 훨씬 나아서, 요즘은 군부대에서 후자를 사용하는 게 일반적이다.

"아마도 그래서 퇴출된 것 같은데."

군사적으로도 신형인 면도날 철조망을 쓰는 분위기에, 공급하는 게 구형인 가시철조망이라면 아무래도 퇴출될 수밖에 없다.

"그에 대한 보복도 함께 하나 보군요."

그 말에 권양구는 살짝 놀랐다.

형태 하나만 듣고 퇴출 이유도 알아내다니.

"뭐, 분명 중국에서 수입해서 공급하는 업체였을 테고요."

그런데 갑자기 퇴출되니까 억울했겠지. 그러니까 뇌물을 터트리는 걸 거다.

"이게 참 규정을 지랄같이 만들어 났다니까요."

애초에 이런 규정을 만든 이유가 국내 기업을 애용하자는 거다.

그런데 정작 수입품은 금지라는 규정은 없으니 결과적으로 유령 기업을 만들어서 중국산을 수입해서 비싸게 팔아먹는 꼴밖에 안 되는 거다.

"그나마 식자재는 이해라도 하는데."

먹는 문제에 있어서 가격 대비 군부대의 보급이 안 좋다고 하는 건, 횡령의 문제도 있기는 하지만 군 보급에 국산을 쓰도록 되어 있기 때문이다.

사실 고기만 해도 수입산을 사서 쓰는 편이 비용을 훨씬 많이 절감할 수 있지만 국내 산업을 지원한다는 명목하에 비싸도 국내산으로 공급하다 보니 돈이 더 많이 드는 것도 있다.

그런데 정작 이런 건 중국산을 사다가 공급해도 아무런 말도 못 한다.

'하긴, 애초부터 법을 이따위로 만드니 생기는 일이지.'

어쩌면 법을 만드는 단계에서부터 이런 수작질을 감안한 걸지도 모른다.

결국 이런 납품의 기회를 잡을 수 있는 건 그런 기업일 수밖에 없으니까.

일단 국내 기업이면 다 동일하게 응할 수 있는데, 한국의 내수 기업이면 단가가 500원이고 중국에서 수입해서 공급하면 단가가 100원일 거다.

정상적으로는 싸움이 될 수가 없는 구조인데, 과연 국회의원들이 이 사실을 모를까?

'그럴 리가 없지.'

생각보다 국회의원들은 똑똑하다. 특히 자기들의 이권이 끼면 희대의 천재가 되어 버린다.

그런 말도 있지 않던가, 바퀴벌레도 절체절명의 순간에는 아이큐가 300까지 오른다는.

물론 믿을 수 없는 말이지만.

"뭐, 일단은 저쪽에서 선공했으니 이쪽에서 반격할 수 있겠네요."

"그런데 이거 뒤집을 수 있겠는가? 솔직히 힘들 것 같은데."

대한민국 국방부의 비리가 한두 해 문제가 아니다 보니 벌써 여론은 권양구의 부패를 확정하는 분위기였다.

"하하하, 걱정하지 마세요. 우리가 소송할 놈들은 성강실업이 아닙니다."

"뭐? 그러면 누군데?"

"국방부입니다."

그 말에 권양구의 얼굴이 딱딱하게 굳었다.

세상에 영원한 비밀은 없다

　노형진은 국방부를 대상으로 소송을 걸었다. 이게 뭔 미친 짓인가 싶었지만 사실 미친 짓이기에 효과가 있었다.

　"권 소장, 이게 뭐야?"

　권양구 이름으로 소장이 왔으니 당연히 누군가는 권양구를 부를 수밖에 없었다.

　"하 중장님, 그게……."

　"아니, 그러니까 이게 뭐냐고."

　"비밀 해지 소송입니다."

　"비밀 해지?"

　"아시겠지만 성강실업과의 계약서는 군사기밀로 묶여 있습니다."

"그건 나도 알지."

"당연히 소송하기 위해서는 정식으로 절차를 밟아서 해당 서류의 기밀성을 풀어야 합니다."

"그래서 그걸 풀어 달라고 청구한 거다?"

"네."

"아니, 그걸 왜…… 끄응…….."

대번에 상황이 이해된 하 중장은 신음을 냈다.

그도 그럴 게, 자신이라도 이렇게 억울하게 당하는 거라면 무슨 방법이든 찾으려고 할 테니까.

"아무리 그래도 그렇지, 이런 소송을 하면 자네가 승진하기 힘들어진다는 거 모르나?"

"하 중장님, 애초에 사건 자체가 저를 찍어 내리려고 벌인 일입니다. 위에서 저를 안 좋게 본다는 소리인데 승진이 가능하겠습니까?"

"후우……."

그 말에 하 중장은 부정할 수가 없었다.

자신은 아니지만 주변에서 권양구 준장에 대해 좋지 않은 소리가 나오는 건 알고 있었기 때문이다.

"그러니까 내가 실사 팀 구성은 진지하게 고민해 보라고 했잖아."

"하지만 그런 식으로 새어 나간 곳이 어디 한두 곳입니까? 당장 이 성강실업도 실사 팀 조사에서 걸러진 거고요."

돌아와서 자세한 자료를 확인한 권양구는 성강실업이 어쩌다 날아간 건지 알 수 있었다.

성강실업은 노형진이 말한 대로 중국에서 물품을 수입해서 공급하는 업체였다. 실사 팀이 그곳에 갔다가 전형적인 빼돌리기 기업이라는 걸 알아차린 것이다.

국산이 아니라 중국산이라 원가는 국산의 5분의 1 이하인데 국산의 90%의 가격으로 공급하고 있었으니 얼마나 남겨먹은 것이겠는가?

"알지. 아는데……."

하 중장은 긴 한숨을 쉬더니 권양구를 불렀다.

"권 준장."

"준장 권양구."

"내가 너 아끼는 거 알지?"

"그래서 제가 여기까지 올 수 있었던 것 아니겠습니까?"

"그러니까 말해 줄게. 이거 말이다, 주안도랑 그 일당이 하는 짓거리야."

"주안도 소장 말입니까?"

"주안도만 있는 게 아니야. 종우한 의원도 속해 있다."

생각지도 못한 말에 권양구는 눈을 찡그렸다.

"주안도 소장이 왜……?"

"아무래도 정치권에 마음이 가 있는 모양이야."

긴 한숨을 내쉰 하 중장이 참담한 표정으로 말했다.

"문제는, 주안도는 일종의 방패고 그 뒤에 장성이 한두 명이 아니라는 거지. 그건 설사 나라고 해도 못 막아."

중장이면 군 내부에서 어마어마한 권력을 가진 사람이다.

그런 사람이 못 막는다는 건 최소한 중장급, 어쩌면 대장급까지 연관되어 있을 수도 있다는 뜻이다.

"유령 회사로 장난치는 장군이 어디 한두 명이냐?"

"그걸 어떻게 아신 겁니까?"

"성강실업이 납품 업체로 들어온 게 내가 너처럼 군수사령부에 있을 때다."

"설마……?"

"그때 종우한 의원에게서 전화가 왔었지."

그러니 그 뒤에 종우한 의원이 있다는 걸 알아차리는 건 어려운 일이 아니라는 소리였다.

그 말에 권양구는 아무런 말도 못 했다.

아무리 국방부 돈이 눈먼 돈이라 먼저 퍼먹는 놈이 임자라지만 이 지랄이 날 줄은 몰랐으니까.

"상관없습니다. 저도 어차피 옷 벗을 각오로 하는 일입니다."

"진심이냐?"

"제 변호사가 그러더군요, 찍혀서 옷 벗는 게 불명예 전역당하는 것보다는 훨씬 낫다고."

그 말에 하 중장은 쓰게 웃었다. 틀린 말은 아니니까.

'그들의 힘은 생각보다 강하니.'

심지어 그런 부패 세력의 힘은 해군 사령관, 그러니까 사성장군인 대장마저도 불명예 전역시킬 수 있을 만큼 강하다.

계급이 깡패인 군대라지만 수적으로 몰려가서 조작질을 하기 시작하면 답이 없다.

"좋아, 알았다. 그런데 솔직히 말해서 이건 허락을 못 받을 것 같은데. 난다고 해도 몇 년 걸릴 거다. 국방부에서 절대 허락하지 않을 거야."

민사 법원을 통해 재판할 때 몇 년이 걸릴 텐데, 보안이라는 말로 자기 치부를 감추는 데 혈안이 되어 있는 국방부에서 쉽게 허락할 리가 없다.

1심에서 진다고 해도 2심, 3심 계속 걸 거다.

설사 계약서상에 딱히 비밀이 없다고 해도. 그게 국방부의 버릇이니까.

"상관없습니다."

"뭐? 그게 무슨 소리야?"

"제 변호사가 그러더군요, 애초에 이 소송은 이기기 위해 건 소송이 아니라고."

"그러면 어떻게 하려고? 증거도 없이 그놈들과 싸우려고? 그게 될 리가 있겠어?"

군사법원은 이미 그놈들이 꽉 잡고 있을 거다.

"자료는 다른 사람들이 다 찾아다 줄 거랍니다."

"그게 뭔 소리야?"

"저도 모르겠습니다."

권양구 역시 그 부분은 뭐라고 답할 수가 없었다.

노형진은 기자들에게 권양구가 국방부를 대상으로 소송을 걸었다는 사실을 알렸다.

그러자 현직 준장이 국방부를 대상으로 소송을 건 초유의 사태에 기자들은 그걸 물고 늘어지기 시작했다.

승진 하나에 목매는 군인, 그것도 준장에게 이건 엄청난 불이익일 수밖에 없으니까.

그리고 그 과정에서 사람들에게 성강실업이라는 이름이 공개되었다.

애초에 거래 내역 자체는 기밀이지만 성강실업이라는 이름 자체는 기밀이 아니기 때문에 노형진이 대놓고 말한 거다.

"마치 준장님을 실명을 까고 저격한 것처럼 저 역시 성강실업이라는 이름을 까고 저격한 거죠. 저들이 쓰는 방법을 우리라고 쓰지 말라는 법은 없지 않습니까?"

"그런데 거기에 어떤 의미가 있는 건지, 솔직히 나는 모르겠군. 성강실업이 외부에 드러난다고 해서 뭐가 달라지지? 그리고 그 자료는 누가 주고?"

"네티즌 수사대죠."

"네티즌 수사대?"

"준장급 장성이 국방부에 대해 소송을 불사하면서 억울함을 호소할 때 과연 사람들은 어디를 먼저 의심할까요? 과연 국민들이 국방부 내부에서 벌어지는 더러운 정치질에 대해 모를까요?"

당연히 그들은 권양구에 대해서도, 그리고 성강실업에 대해서도 조사하기 시작할 거다.

권양구야 켕길 게 없다. 일단 군 내부에서도 장성급의 정보는 보안 사항이라 공개된 내용이 없겠지만 권양구 스스로가 오점 하나 없이 살아온 사람이니까.

"하지만 성강실업은 좀 다르죠. 오, 벌써 나왔네요."

노형진은 자신 있게 모니터를 돌려서 보여 줬다.

"뭐가 나왔다고?"

"보세요. 슬슬 압박이 시작되었습니다."

노형진이 가리킨 곳에는 누군가 성강실업에 대해 조사한 자료가 떠올라 있었다.

－자본금 500만 원짜리 회사가 뇌물이 20억? 장난해?

－작년 수익이 총 2억 2천만 원인데 뇌물을 20억 줬단다.

－주소지가 짜장면집인데?

－와, '짜장면을 철근같이 씹으며'라는 말은 들어 봤지만 진짜 짜

장면 대신에 철조망으로 면을 뽑나?

　사실 기업의 개인 정보를 찾아내는 건 어려운 일이 아니다. 대한민국의 모든 기업은 공시를 해야 하니까.
　그 후에 내부 업무를 뭘 하는지에 대해서는 기밀이 될 수 있지만 기업의 주소와 전화번호 그리고 자본금 등 최소한의 정보는 공개 대상이다.

　-전화해 보니까 없는 번호라는데?
　-철조망 면 뽑으러 갔나 보다.

　"네티즌 수사대가 찾아낸 게 자네가 찾아낸 거랑 별반 다르지 않은 것 같은데?"
　진짜 상식이 있는 사람이라면 금방 찾아낼 수 있는 거니까.
　"압니다. 하지만 제가 밝히는 것과 스스로 찾아내는 것은 전혀 다른 느낌이거든요."
　"무슨 소리인가?"
　"제가 말하면 그건 제3자가 한 말일 뿐입니다. 즉, 사람들이 보기에는 그냥 제3자끼리 싸우는 거죠. 하지만 이건 네티즌 수사대가 스스로 찾아낸 정보입니다."
　"아, 그래서……?"

"네. 그러면 사람들은 이제 자기가 당사자인 것처럼 느끼기 시작하거든요."

그리고 그런 경우에는 관심도가 달라진다.

전자라면 그냥 둘 다 개새끼라고 욕하고 넘길 수 있는 문제이지만, 후자라면 진짜 개새끼를 찾아내야 한다고 생각한다.

"저쪽은 이쪽에 범죄자 프레임을 뒤집어씌우고 싶었을 겁니다. 하지만 이제는 상황이 아니죠."

도리어 성강실업이라는 이상한 곳으로 관심이 쏠렸다.

"흠, 재미있군. 이런 방법이 있었나?"

권양구는 그걸 보며 신기해했다.

"그러면 이제 뭘 하면 되나?"

"뭘 하느냐면요……."

노형진은 모니터를 다시 자신에게로 돌려서 새론의 공식 계정으로 댓글을 달았다.

─제보 감사합니다. 확인 차원에서 직접 현장에 방문하도록 하겠습니다.

그렇게 댓글을 쓴 노형진은 컴퓨터를 끄고 자리에서 일어났다.

"혹시 짜장면 좋아하십니까?"

"짜장면?"

"네."

"그건 왜?"

"같이 짜장면이나 드시러 가시죠."

노형진은 씩 하고 웃으며 말했다.

성강실업의 주소지에는 자금성이라는 중국집이 있었다. 그리고 지금 그 자금성의 사장은 미칠 것 같았다.

뜬금없이 성강실업인지 요강실업인지 하는 놈들이 가게 주소를 갖다 쓰는 바람에 변호사와 장군 그리고 기자와 네티즌 수사대가 몰려왔기 때문이다.

"저는 진짜 성강인지 요강인지 모른다니까요."

'그러겠지.'

정상적인 기업이 아니니 정상적인 방식으로 주소 등록을 할 수가 없다.

주소는 단순히 마음대로 써 넣는다고 등록되는 게 아니다.

일단 등록하기 위해서는 소유권이나 임대계약서를 제출해야 한다.

'불법적으로 장난치는 놈들이 그런 걸 할 리가 없지.'

즉, 다른 방식으로 임대계약서를 손에 넣었거나 공무원에게 뇌물을 주고 등록했다는 소리다.

어느 쪽이든 이걸 등록한 놈 입장에서는 감추고 싶은 사실이다.

"자, 자! 그만하시고."

노형진이 댓글로 한번 찾아가겠다고 한 건 단순한 립서비스가 아니었다.

지속적으로 사람들의 관심을 유도함으로써 소송을 건 상대방을 압박하기 위해서다.

그리고 노형진의 계획대로, 여기에 어마어마한 숫자의 사람들이 구경하러 왔다.

이렇게 재미있는 싸움 구경을 누가 놓치겠는가? 둘 중 하나는 죽어야 하는 데스 매치인데.

"진짜로 모르세요?"

"모른다니까요. 아, 돌겠네. 내가 여기서 중국집만 20년 했습니다, 20년! 그런데 그 요강인지 나발인지 하는 회사는 들어 본 적도 없어요!"

"흠……."

노형진은 그 말에 살짝 고민하는 척했다.

물론 그럴 거라 예상하고 왔다. 하지만 노형진이 원한 건 이 주인의 진실이 아니라 여기에 구경하러 온 사람들이다.

"그렇다고 해서 이런 문제를 그냥 넘어갈 수는 없습니다. 군사 보안과 관련된 문제라서요."

"돌겠네. 자꾸 이러시면 저는 뭐로 먹고살라고요."

수백 명이 몰려와 가게 안만 들여다보고 있는데 누가 여기에 밥 먹으러 오겠는가?

당연히 배달도 못 한다.

"저 이러다 죽습니다, 진짜."

"그건 좀 그렇고……. 그렇다고 이런 문제에서 저희가 그냥 물러날 수도 없고."

"아니, 왜요?"

"국방부와 거래한 업체입니다. 그런데 그런 곳이 실체가 없다면 이건 국가 안보 문제라고 볼 수 있거든요. 그렇지 않습니까, 장군님?"

"맞네. 이건 안보 위기 상황으로 봐야지."

권양구가 눈치 빠르게 고개를 끄덕거리자 중국집의 주인장은 울 것 같은 표정이 되었다.

그러면 자기는 언제까지 이러고 있어야 한단 말인가?

"그러면…… 음, 이렇게 하죠. 저희가 여기에 계신 분들에게 한 그릇씩 사죠."

"네?"

"뭐, 정말 억울하신 건지 아니면 모르는 척하시는 건지 모르지만 일단 손실은 막아 드리는 게 예의 같아서요. 그렇다고 해서 당사자가 되실지도 모르는 분한테 돈을 드리는 건 법적으로 문제가 될 가능성이 크고요."

"그러면……."

"여기에 구경 오신 분들이 계시니까 저희가 한 끼 쏘죠. 어차피 이분들은 저희랑 관련 없는 분들이니까요. 아, 물론 기자분들은 안 됩니다. 이유야 아시죠?"

그 말에 기자들은 고개를 끄덕거렸다.

공정성을 위해서라도 기자들은 얻어먹으면 안 된다는 소리다.

하지만 네티즌 수사대야 뭐 사건에 직접적으로 영향력을 줄 수 있는 사람들은 아니니까.

"그러면 이렇게 하죠. 1인당 자장면이나 짬뽕 하나씩 선택해서 드시게 하고, 테이블당 탕수육 대짜 하나씩 해 주세요."

"으음……."

"오신 김에 식사나 하시죠, 장군님."

"그럴까?"

"일단 식사부터 하고 이야기하죠, 사장님."

그 말에 사장은 진짜 울고 싶은 기분이 되었다.

⚖

소문이라는 건 참 재미있는 거다.

상황이 재미있어진다는 소문이 퍼지니 사람들이 계속 찾아갔기 때문이다.

노형진은 그 뒤로도 계속 중국집을 찾아갔는데, 갈 때마다 예고한 후 사람들에게 접대를 했다.

나중에는 주인장이 예약 좀 하고 오라고 할 정도였다.

사실 중국집 입장에서는 도리어 장사가 잘되는 일이었고, 이게 또 광고가 되었다.

"사장이 센스가 있네. 철조망 짜장면이라니."

이슈가 되겠다고 생각한 건지 그는 새로운 짜장면을 개발했다. 새로운 재료를 넣어 철조망 짜장면이라는 메뉴를 공개한 것이다.

호기심에 사람들은 유행처럼 그걸 시켜 먹기 시작했고 어느 순간 가게는 사람들에게 이번 사건의 성지 같은 곳이 되었다.

"종우한 의원이라고 했나요? 아마 지금쯤 똥줄이 탈 겁니다."

뇌물을 받아 처먹었다는 핑계로 날려 버리려고 했는데 사람들의 시선이 뇌물이 아니라 짜장면집과 성강실업에 쏠려 버렸으니까.

"그런데 언제까지 이럴 생각인가?"

"이제 슬슬 마무리 지어야지요. 중국집 주인이 우리 편이 되었으니까요."

처음에는 억울해하던 주인이지만 많이 팔아 주고 홍보까지 해 주니 이제는 아예 귀빈 대접을 할 정도였다.

"이제 기자들을 데리고 한번 또 가시죠."

"그러니까 누가 우리 집에 철강인지 요강인지를 등록했느냐고."

"성강입니다."

"성강…… 에, 그러니까 성강, 하여간 그 성강실업 말이야. 도대체 등록한 게 누구야?"

사장은 노형진과 손잡고 기자들을 이끌고 시청으로 향했다.

그런 그들을 맞이해 준 사람은 다름 아닌 해당 업무를 담당했던 공무원이었다.

그를 바라보는 주인과 노형진을 비롯한 피해자들 그리고 수백 명의 사람들.

'좆 되어 버렸네, 씨팔.'

담당 공무원은 울고 싶었다.

사실 그라고 원해서 한 짓이 아니었다. 원래 규정대로라면 그런 식으로 하면 안 된다. 하지만 자신은 이미 했고, 하필이면 이게 심각한 문제가 되었다.

"이건 심각한 문제입니다. 성강실업은 존재 자체로 군의 안보를 심각하게 위협합니다."

권양구 준장은 기자를 보면서 설명했다.

"아니, 저기 뭐 그 뭐냐, 철조망? 에, 철조망 하나 납품하는 업체가 얼마나 중요하다고 안보까지야……."

공무원은 애써 사건을 작게 표현하려고 했지만 그게 먹힐 리가 없었다.

"모르시는군요. 군은 관련된 모든 사건을 안보 사건으로 봅니다. 군 내부의 룸살롱도 군 안보 사항입니다."

"군 내부의 룸살롱?"

기자들이 고개를 갸웃하자 연차가 좀 있는 기자들 중 한 명이 피식 웃으며 말했다.

"아, 그거? 군 내부에서 성매매 업소 운영한 적 있거든."

"맞아, 맞아. 아니, 무슨 일제강점기 위안부…… 아니지, 성 노예도 아니고, 군 사령부 내에서 룸살롱을 운영하면서 성매매를 했다니까."

"그때 그거 터트린 기자가 군 안보 건드렸다고 실형 나왔다지?"

"미친 새끼들. 부끄러움이라는 게 없어요."

몇몇 사람들이 떠들어 대자 신참 기자들이 고개를 끄덕거렸다.

"그러면 이건 뭐, 빼박 군 안보 사항이네."

'빙고.'

노형진은 속으로 씩 웃었다.

'이야, 이거 생각보다 편하게 가네. 그 사건을 어떻게 언급하나 고민했는데, 아는 사람이 있었네.'

노형진이 그 사건을 언급한 건 사건을 안보 사건으로 몰아서, 돈을 받아 처먹었다는 것보다는 존재하지도 않는 기업이 어떻게 군 내부에 들어올 수 있느냐를 보도의 방향으로 몰고 가기 위해서다.

'그리고 이제 방향은 정해졌네.'

군 내부에서 그런 식으로 행동했기에 기자들이 안보를 문제 삼기 시작할 테니 사람들에게 전해지는 사건을 바라보는 관점이 달라질 것이다.

"그리고 그걸 해 준 당신은……."

노형진은 공무원을 바라보았다.

"간첩이 아닌지 의심할 수밖에 없군요."

"가, 간첩이라니요! 간첩이라니요! 제가요? 저 아닙니다. 아니에요!"

공무원은 기겁했다. 그럴 수밖에 없다. 그냥 시키는 대로 한 것뿐인데 간첩이라니.

그리고 이 순간 위에서 무슨 일이 있어도 입 닥치라고 했던 건 더 이상 중요하지 않게 되었다.

"시장님이 시킨 겁니다. 시장님이요."

"시장님?"

"네. 시장님이 대충 걸리지 않을 만한 곳에다가 성강실업이라는 곳을 등록하라고……."

"그런데 왜 하필 우리 가게야?"

"그게…… 본인 점포서서 이중 임대 문제도 발생하지 않고,

오래 영업하셔서 굳이 뭐 다시 등록할 일이 없으니까……."

중국집 사장의 힐난에 말을 흐리던 공무원은 다시 한번 목소리를 높였다.

"저는 진짜 모릅니다! 저는 아는 게 없어요! 진짜로요! 그냥 시키는 대로 한 것뿐입니다!"

"시장이라……. 그러면 어떻게 해야 하나……. 이거…… 의외로 커다란 안보 사건일 수도 있는데요?"

선출직 공무원인 시장이 군 납품 업체의 조작을 위해 압력을 가했다?

"이건 차라리 간첩 사건으로 고발하는 게 안전할 것 같습니다."

노형진의 말에 기자들은 눈을 반짝였다.

그렇잖아도 이 사건의 대중적인 관심은 엄청나다.

그런데 간첩 사건으로 흘러간다면 조회 수를 제법 달달하게 빨아먹을 수 있을 것이다.

"그러면 바로 검찰청으로 가실 건가요?"

"그래야지요."

노형진은 그렇게 말하며 속으로 씩 웃었다.

"이게 무슨……."

종우한 의원은 어이가 없었다.

원래 계획은 이게 아니었다.

권양구에게 뇌물죄를 뒤집어씌워서 쫓아내고, 그 자리에 자기 파벌의 사람을 넣어서 뒷주머니를 두둑하게 채우는 것.

그게 계획이었다.

실제로 몇 번이나 그런 일이 있었고, 단 한 번도 사람들의 관심이 뇌물을 준 기업으로 향한 적은 없었다.

관심이 향하는 대상은 언제나 뇌물을 받은 장성이었다.

그런데 이번에는 교묘하게 달랐다.

뇌물을 받았다는 권양구가 아니라 온통 성강실업에 관심이 쏠려 있었다.

–조사 결과 성강실업은 중국에 막대한 자금을 송금한 것으로 드러났습니다. 군 당국에서는 아직 조사 중이라며 자세한 발표를 하지 않고 있는 가운데…….

–과거에 벌어진 군 내부 간첩단 사건과 관련하여, 상당한 시간이 지난 지금 일각에서는 군 내부의 간첩단이 다시 활동하는 것이 아니냐는…….

과거에 국방부와 국정원이 경쟁할 때 노형진이 군 내부의 비리 인사들을 사보타주 혐의로 신고해서 상당수가 간첩으로 의심받았는데, 그 당시에 조사 결과 정말로 대부분 간첩

혐의가 인정되어서 처벌받은 전력이 있던 국방부는 이런 뉴스에 펄쩍 뛰었다.

그리고 그러한 분위기는 사건을 보는 사람들의 시선을 바꾸고 있었다.

—생각해 보니 이상하네. 뜬금없이 왜 간첩들이 권양구 준장을 물고 늘어진 거임?

—나 권 장군 아래에서 있었던 사람인데 저 사람 겁나 철벽임. 비리를 눈 뜨고 못 봐.

—물고 늘어질 만하네.

—그럴 리가 없다. 저자는 범죄자다. 뇌물을 받은 게 틀림없다. 자기가 불리하니 간첩단이라고 하는 거다.

—저 새끼 하루 종일 저거 도배하네? 너 짱깨냐? 알바지?

—나는 개인이오.

—개인? 누가 인마, '나는 개인이오.'라는 말을 써? 짱깨 알바 맞네.

인터넷에서는 이런저런 이야기가 나오기 시작했고, 사람들은 점점 성강실업 뒤에 누가 있느냐에 관심을 가졌다.

"종 의원, 이게 어떻게 된 거요? 권양구 그 새끼, 확실하게 날릴 수 있다면서?"

"아니, 이런 경우는 처음이라······."

한두 번 해 본 일이 아니다. 그런데 단 한 번도 이런 식으로 방어한 적이 없었다.

사실 이런 뇌물 사건에는 큰 기업을 끼워 넣을 수 없다.

큰 기업이 엮이면 그쪽에서 꺼리는 데다가, 역으로 그쪽에서 터트리면 자기가 날아간다.

그래서 대부분 군납을 조건으로 작은 기업을 엮어서 그들을 통해 뇌물 사건을 터트렸다.

그런데 설마 일이 이 지경이 될 줄이야.

"상대방 변호사 이놈 뭐야? 노형진? 설마 그 노형진?"

누구도 막지 못할 거라 생각했기에 권양구의 변호사가 누군지 관심도 없었던 종우한이었지만, 언론에 보도되고 나서야 변호사가 노형진이라는 사실을 알았다.

그는 정신이 아득해졌다.

"노형진? 그게 누군데?"

하지만 군 내부에서 추앙만 받고 살아온 주안도는 전혀 모르는 듯했다.

"그게…… 설명은…… 나중에 하겠소."

종우한은 주안도 소장에게 설명할 시간조차도 아깝게 느껴졌다. 살아남기 위해서는 어떻게든 방법을 찾아야 하는 상황이었다.

이제 방어는 자신이 해야 하는 시점이었다.

"아마 저쪽은 어떻게 방어해야 할지 몰라서 난리일 겁니다. 이런 경우는 처음일 테니까."

"나도 이런 방법이 있을 거라고는 생각 못 했다네. 걸렸을 때 이제는 죽었다고 생각했지."

권양구는 느긋하게 말했다.

그도 그럴 게 사건이 커지면서 국방부에서 전수조사를 하겠다고 나섰으니까.

그러면 그간 깨끗하게 운영한 게 드러날 테니 자신에게 뇌물죄를 뒤집어씌우는 것은 불가능해진다.

애초에 성강실업은 자신이 부임하고 나서 퇴출시킨 기업이 아니던가?

"네, 하지만 이쪽에서 굳이 싸우지 않을 이유는 없죠."

"흠…… 나도 그렇게 생각하네. 이건 나만의 문제가 아니야. 내가 나가면 다시 다른 사람이 피해를 입겠지. 정확히는 군 장병들이."

쓰레기 같은 물건을 쓰면 군 전력은 계속 하락할 수밖에 없다.

"그러면 자네는 이걸 어떻게 해야 한다고 생각하나?"

"끝까지 가야지요."

"하지만 이 이상 공격할 게 있나? 어차피 전수조사인데."

권양구는 고개를 갸웃했다. 아무리 봐도 방법이 없어 보였으니까.

"이런 경우에 바지 사장을 공격하면 됩니다. 이 기업이 종우한 의원 소유라면서요?"

"내 선배님 말씀으로는 그렇다고 하더군."

"그러면 이 기업의 주인, 아니 사장은 누구겠습니까?"

"응?"

"일이 이 지경이 되었는데 저쪽에서는 반응이 없습니다. 그러면 답은 둘 중 하나죠. 바지 사장이든가 아니면 차명이든가. 사실 차명일 가능성이 높습니다."

바지 사장이라면 일단 연락처가 있을 테니 어떤 식으로든 대응하라고 했을 가능성이 크다.

그런데 일이 이 지경이 되도록 대응이 없다?

"더군다나 고발 자체도 없죠."

일부 언론에서 뇌물을 받았다고 주장하지만 정작 그걸 고발한 사람은 없다.

즉, 전면에 얼굴을 내놓을 사람이 없다는 거다.

일부 언론에서 하는 말이야 어차피 제보자 보호라는 말로 묻어 버리면 되는 거니까 부담이 없지만 고발은 얼굴을 드러내고 해야 하니까.

"보통 이런 경우는 존재하지만 존재하지 않는 사람, 즉 노숙인을 내세워 벌어집니다."

"노숙자?"

"요즘은 노숙인이라고 하죠."

"그런데 왜 그런 사람을 쓴다는 건가?"

"명의를 빌리기 쉽고 이쪽에서 추적은 어려우니까요."

그러니까 문제가 생겨도 그냥 생까면 현실적으로 이쪽에서 자기들을 추적하기 힘든 것이 사실이다.

"하지만 방어하는 입장에서는 이게 또 하나의 건수거든요."

"어째서?"

"존재하지만 존재하지 않지요. 죽었는지 살았는지, 알 수 있는 게 없지 않습니까?"

노형진은 그걸 이용해서 종우한을 물고 늘어질 생각이었다.

⚖️

황해수.

성강실업의 사장이자 이 사건의 핵심인, 하지만 단 한 번도 얼굴을 드러내지 않은 사람.

누구도 그를 추적할 생각은 하지 못했지만 노형진은 그를 추적했다. 정확하게는 그 가족을 추적했다.

"그러니까 황해수 씨는 집을 나간 지 오래되었다는 거죠?"

"그렇다니까요. 돌겠네, 이 망할 형은……."

황해수의 동생 황해남은 한탄을 쏟아 내며 머리를 북북 긁었다.

"원수예요, 원수. 도박으로 전 재산을 날리고 도망가 버렸다니까요."

홀몸으로 그랬으면 이해라도 하겠는데, 처자식이 있는 놈이 강원랜드에서 도박에 빠져서는 전 재산을 날리고 도망가서 가족들은 길바닥으로 나앉았다는 것.

"그나마 가족들이 작은 방을 구해서 어떻게 살아가는데……. 후우, 미친 새끼."

황해남은 친형을 사람 취급도 하지 않으며 눈을 찡그렸다.

"역시 그런가요?"

예상대로다.

사실 노숙인이라 해도 명의를 빌려주는 것은 어지간히 막장 아니면 잘 하지 않는 짓이다.

그도 그럴 게, 누구나 마음 한구석으로는 재기를 꿈꾸니까.

명의를 빌려준다는 것은 재기를 포기한다는 걸 의미한다.

"그러면 그 후에는 어떻게 되었죠?"

"모르죠. 알아보지도 않았으니까. 사실 돌아온다고 해도 받아 주기도 싫습니다."

도박에 한번 빠지면, 손을 잘라도 발로 한다고 한다. 그만큼 도박은 중독성이 강하다.

하물며 자기 혼자 망한 것도 아니고 처자식이 있는데도 전 재산을 가지고 도박했던 인간이다.

이제 와서 용서를 빈다고 한들 결국 다시 가족에게 기생하게 되리라.

"나중에 자기가 정신 차리고 돈을 벌어 온다면야 모르겠지만, 기대하기는 힘들죠."

마약중독처럼, 돈이 생기면 일단 도박장으로 달려갈 테니까.

"그렇군요. 그러면 사망신고를 하시죠."

"뜬금없이요?"

"실종된 지 얼마나 되었는데요?"

"한 7년 되었습니다."

"실종 신고는 하셨고요?"

"네."

"그러면 사망신고를 하셔도 됩니다."

"뭐, 어차피 신경 끄고 살아왔으니 상관은 없습니다만…… 왜요? 애초에 이번 사건과 저희 형이 무슨 관련이 있다고요?"

"정치적인 문제죠."

"정치적인 문제요?"

"네. 바지 사장이 실종된 상황이라면 어찌 되겠습니까?"

그 말에 황해남은 눈을 번득였다.

그도 귀가 있고 눈이 있다. 당연히 이 상황에 대해 모르지는 않는다.

"조만간 기자들이 여기로 들이닥칠 겁니다. 한국 기자들은 질이 안 좋지요, 아시겠지만."

"끄응……."

가족들의 프라이버시? 알 게 뭔가?

조회 수만 나온다고 하면 누가 죽어도 신경 쓰지 않는 게 한국의 기자들이다.

"피할 수 없다면 이용해야지요."

"그러니까 우리가 사망신고를 하면 그 덤터기를 누군가에게 뒤집어씌우고 싶으시다는 거군요."

"네, 저희에게만 좋은 일은 아닐 겁니다. 운이 좋으면 사람들에게서 약간의 도움을 받을 수도 있을 겁니다."

동정표라는 거다.

만일 여기서 사망신고가 이루어지면 사람들은 정체 모를 누군가에게 가장을 잃은 사람들이라고 생각할 테니까.

"끄응…… 알겠습니다."

어차피 사망 처리해야 한다고 황해남도 생각은 하고 있었다. 살아 있다고 해도 어차피 자신들에게는 짐만 되는 인간이니까.

"그런데 사망으로 처리해도 우리한테 딱히 무슨 이득이 있을 것 같지는 않은데요."

"범죄 피해자 보상 제도라는 게 있습니다."

"범죄 피해자 보상 제도?"

"네. 정부에서는, 아니 경찰과 검찰에서는 어떻게든 감추고 싶어 하는 제도이지요."

범죄 피해자 보상 제도라는 것은 강력 범죄와 관련해서 필요한 경우 유가족의 생계를 이어 갈 수 있도록 정부에서 지원해 주는 시스템이다.

물론 충분한 보상이 이루어지는 것은 아니지만 그것만 해도 어디인가?

"살인의 경우는 주거지 신청을 할 수 있습니다. 특히나 가장이 살해당한 경우는 더더욱 그렇지요."

"주거지라니요?"

"국민 임대주택 우선권이 부여됩니다."

그 말에 황해남의 눈동자가 흔들렸다.

그도 그럴 게, 그의 형수와 두 아이는 고작 5평짜리 작은 원룸에서 살아가고 있다.

그마저도 자신이 돈을 내주지 못하면 생활 자체가 불가능하다.

형이라는 작자가 사라진 게 아이들이 고작 두 살과 한 살이 되던 시점이라 아직 부모가 필요할 때였는데, 아이엄마 입장에서는 어린이집에서 봐주는 시간에 맞는 근무처를 찾는 게 쉬운 일이 아니었으니까.

"진짜입니까?"

"네, 진짜입니다. 물론 심의를 거쳐야 하지만요."

당연히 정부는 예산 절감에 혈안이 되어 있기 때문에 그에 대해 피해자들에게 말해 주지 않는다.

일부 선량한 경찰이 피해자들에게 말해 주기는 하지만, 대부분의 경우 피해자들에게 이런 보상이나 지원 시스템은 언급하지 않는 게 국룰이다.

도리어 이런 걸 언급하면 예산을 까먹는다면서 위에서 오질나게 욕을 먹는 게 현실.

"하지만 범죄 피해자라는 걸 어떻게 증명하실 건데요? 그새끼가 어디서 어떻게 뒈졌는지도 모르는데."

황해수는 진짜 어디서 뭘 하고 있는지 모른다.

"상관없습니다."

노형진은 고개를 주억거렸다.

"그렇게 만들면 그만이니까요."

그리고 의미심장하게 씩 웃었다.

⚖

언론에서도 황해수를 계속 찾고 있었다. 사건의 핵심이 된 성강실업의 사장이니까.

하지만 누구도 그를 찾아내지 못했다.

"보통은 이런 경우 도주라고 생각하지요."

노형진은 권양구에게 말했다. 그러자 권양구는 고개를 갸웃했다.

"그래, 그러겠지. 내가 봐도 그래. 그런데 이걸 왜 군검찰로 넘겨야 한다는 건가? 민간인 사건 아닌가?"

"물론 일반적인 경우입니다. 일반적이지 않다면 기껏해야 저처럼 바지 사장일 거라 생각할 거고요."

"그렇지."

권양구는 고개를 끄덕거렸다. 거기까지 예상하는 건 어렵지 않았다.

"주변에서도 바지 사장이라고 하더군."

"뭐, 눈치 빠른 사람들은 진즉에 알아챘을 겁니다."

"그런데 웃긴 게 뭔지 아나? 상황이 이렇게 되니까 날 외면했던 인간들이 슬금슬금 연락한다는 거야."

그렇게 말하며 쓰게 웃는 권양구.

"권력이라는 게 그런 거죠."

"알고 있지만 씁쓸하군. 하여간 중요한 건 그들이 아니야. 어차피 기껏해야 바지 사장이 아닌가?"

"맞습니다. 하지만 바지 사장이 아니라면요?"

"뭐라고?"

"이게 현재 안보 사건으로 의심받고 있지 않습니까?"

"안보 사건? 그렇지. 하긴, 안보 사건이지."

"지금 분위기도 그렇고요. 나라 꼴이 개판이니, 원."

이 사건의 핵심은 바로 납품 업자의 선정 절차가 완전 까막눈으로 운영된 것이다.

한국에서는 정부에 납품하는 절차가 어이없는 방식으로 운영되는데, 그건 바로 중소기업의 생존을 도모한다는 핑계로 사업자만 있으면 응찰 자격을 준다는 거다.

정확히는 실질적인 생산능력이나 납품할 물품을 구입해서 유통할 수 있는 능력이 아니라 일단 신청만 하면 심사 대상이 된다는 거고, 거기에 적당한 뇌물과 권력만 있으면 납품할 수 있게 되는 것이 문제였다.

'그리고 정부에서도 그걸 알지.'

하지만 굳이 고치려 들지 않는다.

이유야 간단하다. 그래야 자기들이 합법적으로 돈을 빼돌릴 수가 있으니까.

이렇게 납품하는 경우 일단 납품자로 선정된 인간은 질과는 상관없이 납품만 하면 된다.

그리고 그런 경우 국내 기업이라면 수익의 20~30%를 수수료로 받아 처먹고, 이번처럼 중국에서 수입하는 경우 70% 이상을 자기가 챙긴다.

중소기업을 살리기 위해 만든 법이지만 정작 중소기업은 돈을 중개업자에게 다 뜯기고 결과적으로 질을 하락시켜서 수익을 창출하는 수밖에 없다.

그나마 국산을 납품받아서 넘기는 놈은 양심적인 거고, 현재 대한민국 정부의 물품은 대다수 중국산으로 굴러가고 있다고 해도 과언이 아니다.

'한국의 한 해 예산을 생각하면 그렇게 빼돌리는 돈이 2~3조는 될 것 같은데 말이지.'

군납부터 정부의 물품 대부분이 이따위로 굴러가니 아마도 수수료만 못해도 2조 이상은 횡령될 게 뻔한 일.

'이참에 그것도 고치자고.'

고치는 방법은 간단하다.

입찰 조건으로 생산 시설이 있거나, 국내 생산이 불가능한 물품이라면 수입 경험이나 기록이 있어야 한다고 내거는 것.

그게 아니면 최소한 해외 생산 업체와 MOU, 즉 양해 각서 수준의 협의는 해 둬야 한다는 것이 노형진이 생각한 조건이었다.

"유가족에게 말해서 사망신고를 하도록 했습니다."

"그런데?"

"그런데 말입니다, 아는 게 많으면 위험도도 높은 법이지요."

"이해가 안 가는데. 황해수가 사망 처리되는 것과 이번 사건이 무슨 관계가 있는 건가?"

이해가 되지 않았던 권양구는 고개를 갸웃했다.

하긴, 군인으로 평생을 살아온 그가 법으로 싸우는 방법을 알 리가 없다.

"법으로 싸울 때는 말입니다, 때때로 불확실성 자체만으로 아주 큰 의혹을 불러일으키지요."

"의혹을?"

"예를 들어서, 황해수가 보안과 관련해서 이미 사망한 경우라면 어떨까요?"

"보안과 관련해서……."

그 말을 들은 권양구의 얼굴이 굳었다.

사실 어렵게 표현할 이유도 없다. 이럴 때 쓰는 오래된 격언이 있으니까.

"죽은 자는 말이 없다, 인가?"

"네, 바로 그거죠."

사업자를 내기 위해 필요한 서류는 한두 개가 아니다.

그리고 아무리 정치인이라고 해도 그걸 모두 발급하기 위해서는 압력만으로는 해결할 수 없는 부분이 있다.

'뻔하지 뭐.'

이럴 때는 노숙자 한 명 데려다가 인감이나 신분증을 발급시켜서 창업하는 거다. 그 대신에 두둑하게 돈을 챙겨 주는 거고.

"그리고 그 후에 슥삭. 아시죠?"

물론 돈을 주는 것도 방법이지만 그에 대해 입 다물게 하는 가장 좋은 방법은 뭘까?

"하긴, 현시점에서는 실제로 어떻게 됐는지 알 수가 없으니……."

"네, 맞습니다."

회사를 창업한 후에 바로 살해되었는지 아니면 노숙자로 살아 있는지.

"그리고 그 상황에서는 군이 나설 만한 일이지요."

현재 이 사건은 안보 사건으로 흘러가고 있으니까.

권양구는 굳은 얼굴로 고개를 끄덕였다.

"알겠네. 바로 안건을 올리지."

⚖

노형진의 함정에 빠진 종우한 의원과 주안도 소장은 입술이 바짝바짝 말랐다.

"이런 씨발, 일이 어쩌다가……."

"종 의원? 이야기가 다르지 않소! 문제 될 게 없다며!"

"나라고 이렇게 될 줄 알았겠소? 저 미친놈이 지금 대체 뭔 짓을 하는 건지."

상황은 진짜 일파만파로 커지고 있었다.

그동안 꿀 빨던 회사가 존재는 하지만 존재하지 않는다는 사실이 알려지면서 기자들이 달라붙은 것이다.

직원? 직원이 왜 필요하겠나? 그냥 납품할 때만 운전사한 명 고용해서 나르면 그만인데.

당연히 직원도, 사무실도 없는 그런 회사였다.

그런데 그런 회사가 어떻게 군납을 했는지 의심받게 되자 그 뒤에 있는 사람들이 하나둘 조사받기 시작했다.

심지어 얼마 전에는 군검찰에서 사장인 황해수에 대한 조사를 시작했다는 이야기까지 나왔다.

"이거 문제 되는 거 아니오?"

"아, 걱정하지 말라니까요. 황해수는 못 찾을 테니까."

"뭐요? 설마……."

종우한의 말에 주안도의 얼굴이 딱딱하게 굳었다.

그리고 그런 주안도의 표정을 보고 종우한은 기겁해서 말했다.

"오해하지 말아요. 내가 그놈을 어떻게 한 게 아니니까."

"그러면?"

"그냥 주머니 좀 두둑하게 채워 주고 카지노에 데려다 놨으니까 어디서 뒈졌겠지요."

도박에 빠져서 가족을 버린 인간이다. 그런 인간이 카지노에 두둑한 돈을 가지고 들어갔으니 당연히 전부 날렸을 텐데, 과연 돈 한 푼 없이 지금까지 살아남았을까?

"뭐, 걱정하지 마시오. 어디서 자살했을 가능성이 높으니까."

종우한은 느긋하게 말했다.

그가 아무나 데려다가 일단 바지 사장을 삼은 건 아니다.

혹시나 바지 사장이 나중에 돌변해서 자기 회사라고 주장할 가능성을 막기 위해, 절대로 재기하지 못할 인간을 골라서 한 거였다.

그때였다. 밖에서 다급하게 비서관이 들어왔다. 그리고 그의 귀에 대고 작게 속삭였다.

"의원님…… 저기 그, 황 씨가 발견되었답니다."

"황 씨? 잠깐, 황해수?"

"네."

"설마, 아직 살아 있었나?"

그 말에 옆에서 대화를 듣고 있던 주안도의 얼굴이 새파랗게 질렸다.

"그게…… 그건 아니라고 합니다만……."

"그래? 그러면 다행이고."

"상황이 안 좋습니다."

"자살한 놈을 뭐 어쩌라고."

"그게…… 자살이 아니라고 합니다."

"뭐?"

그 말에 종우한은 되물을 수밖에 없었다.

"자살이 아니라고?"

"네."

"아니, 뭔 소리야? 자살이 아니라니?"

"뒤에서 공격당해서 두개골이 함몰되었다고…….."

그 말에 종우한은 심장이 덜컥 내려앉았다.

지금 군검찰에서 황해수를 조사하는 이유가 뭔가? 안보와 관련해서 살해된 의혹이 있기 때문이 아닌가?

그런데 이 미친놈이 뒈졌단다. 그것도 살해당했단다.

"이런 씨이입…… 뭔…… 일이 벌어지는 거야?"

종우한은 정신이 아득해졌다.

'그런 건가?'

노형진은 수습되는 유체를 찾아서 정리하는 사람들을 보며 혀를 끌끌 찼다.

'하긴, 예상하기 어렵지 않지.'

이런 불법적인 행위의 보상을 계좌 이체로 줄 리가 없다.

종우한은 황해수에게 현금으로 1억을 제공했고, 황해수는 그걸 들고 카지노로 향했다.

그리고 그곳에서 돈을 어느 정도 땄다.

웃긴 일이지만 불가능한 일은 아니다. 도박장에서 100% 다 잃는다고 하면 과연 누가 도박장을 가겠는가?

99%가 잃어도 1%는 따니까 가는 거다.

'그리고 그게 최악의 결과를 불러왔군.'

돈을 딴 건 다들 봤고, 심지어 그가 가방에서 현금을 꺼내는 것도 다들 봤다. 그걸 보고 누군가는 욕심을 부렸고 말이다.

그래서 그들은 늦은 밤, 황해수가 혼자 있던 시점에 기습했고 뒤통수를 쇠 파이프로 후려쳤다.

황해수의 기억은 거기까지였다.

다른 유류품에 접근할 수 없어서 추가적인 기억을 읽을 수는 없었지만 그다음은 뻔하다.

살인범들은 황해수의 시신을 사람이 없는 산속에 가져다 버린 후 돈을 챙겼다.

애초에 강원랜드는 주변이 다 산이라 숨길 곳은 많았으니까.

그러다가 군에서 본격적인 수색을 하면서 발견된 것이다.

"경찰도 난리가 났더군."

"그럴 만합니다. 애초에 여기 경찰이 뭐 제대로 수색했겠습니까?"

카지노 주변에서만 벌써 17구의 시신이 발견되었다.

자살로 보이는 시신이 10구, 그리고 살인으로 보이는 시신이 7구.

경선 경찰이 규모가 큰 것도 아니고, 애초에 뜨내기들이 들어왔다가 떠난 건지 죽은 건지 알 수 없으니 제대로 주변 수색을 할 리가 없다. 그러니 그런 사람들이 발견되지 않은 것이다.

하지만 인력이 충분한 군이 나서서 수색을 시작하자 시체들이 발견되면서 난리가 난 것.

"맞습니다. 저희 형이 입고 다니던 잠바입니다."

황해남은 혹시나 하는 얼굴로 왔다가 유류품인 잠바를 보고 신분을 확인해 줬다.

경찰은 그래도 혹시 모르니 유전자 검사를 하기 위해 경찰에 한번 방문해 달라면서 시신을 운구해 갔다.

"후우……."

황해남은 뭔가 착잡하면서도 속 시원한 얼굴로 다가왔다.

"슬프지는 않으신가 보네요."

"글쎄요. 하나도 슬프지 않다면 거짓말이겠지만 그렇다고 해서 아주 슬프지는 않습니다. 사실 살아 있을 거라고 생각도 안 했고, 어떤 면에서는 형은 죽은 게 차라리 나아요."

도박에 중독되어서 이제 와서 집안에 돈이라도 내놓으라고 하면 머리 아픈 건 가족들이니까.

"그런데 진짜 살해당했을 줄은……. 설마…… 진짜로 그놈들 짓입니까?"

"모르죠."

물론 아니다. 최소한 노형진이 읽은 기억에 의하면 그렇게 보이지는 않았다. 범인은 꼬질꼬질한 도박 중독자들이었다.

"확실한 건, 이제 저쪽은 막으려고 해도 못 막는다는 거죠."

그리고 이제 그들이 저지른 죄의 대가를 받을 시간이었다.

존재로서 공포가 되는 자

정부의 돈은 국가에서 세금으로 벌어들인다.

국민들의 세금으로 거둬들인 피 같은 돈이고 국가를 운영하는 데 꼭 필요한 것이지만, 현실은?

"못 먹는 놈이 병신이라고 하지."

송정한은 노형진의 말을 듣고 테이블을 손가락으로 탁탁 두들기며 말했다.

"그래서 이번에 입법을 통해 대대적으로 고치는 게 좋을 것 같습니다."

"하긴, 납품 시스템이 개떡 같기는 해. 개나 소나 다 입찰할 수 있다는 게 말이나 돼?"

애초에 납품하는 중소기업을 살리자고 만든 법인데, 정작 그들은 철저하게 배제되고 권력자들만 이름을 올려서 꿀꺽 꿀꺽 해 처먹는 시스템이 되었다.

"물론 공장의 규모에 대해서는 최소한으로 잡아야겠지만요."

"한 100평쯤?"

"물건마다 다르겠지만 그래도 200평은 되어야 하지 않겠습니까? 애초에 납품하는 물건의 양이 적은 것도 아니고."

"하긴, 주차장까지 포함시키면 뭐……."

하지만 200평이나 되는 땅을 사기꾼들이 확보하는 건 불가능하다.

"심사도 두 번에 걸쳐서 하는 게 좋을 것 같습니다."

"한 번은 서류 심사, 다른 한 번은 현장 심사 말이지?"

"네, 그렇습니다."

지금은 철저하게 서류 심사만 하고 있다. 당연히 그만큼 장난칠 기회가 많다.

"그게 권양구 장군이 공격당한 이유니까요."

현장을 점검하라고 명했다는 이유 하나만으로 그는 누명을 뒤집어쓰고 쫓겨날 뻔했다.

그만큼 현장 시찰은 사기꾼들에게는 부담이 될 수밖에 없다.

애초에 땅은 어찌 빌린다고 해도 생산 시설을 확보하는 건 쉬운 일이 아니니까.

"무슨 뜻인지 알겠네. 그건 밀어붙이도록 하지. 그나저나 종우한 의원은 어쩔 생각인가?"

"알고 계셨습니까?"

"얼마 전까지는 몰랐지. 하지만 최근에 종우한 의원이 여기 저기 들쑤시면서 수사를 멈춰야 한다고 주장하는 모양이야."

"그 정도로 티가 나게 하나요?"

"그만큼 다급한 거지."

지금 이 순간 성강실업은 중요한 문제가 아니게 되었다.

꿀은 빨대로 빨았고 시간이 지나면 다시 유령 기업 하나 세워서 들어가는 건 어렵지 않다.

더군다나 종우한이 운영하는 유령 기업이 한두 개도 아니니 잠깐 손실이 있겠지만 보충은 할 수 있다.

"하지만 자네가 따라붙는다고 하니 마음이 급한 모양인가 보더군."

"후후후, 뭐, 사실 답이 나와 있지 않습니까?"

"날려 버리겠다 이건가?"

"네."

"하지만 쉽지 않을 텐데. 이게 말이야, 현실적으로 날려 버리기는 애매해."

지랄맞고 구조적으로 개판이지만 현존하는 법이고, 그걸 종우한이 위반하진 않았다.

뇌물이나 청탁 같은 게 들어갔을 수도 있겠지만 그건 별개

로 처벌해야 하는 거지, 이번 사건과 관련해서는 턱도 없는
일이다.

"사실 송 의원님을 찾아뵌 것도 그런 목적인 거고요."

"뭐, 이해는 가네. 국회의원들이 게거품을 물겠지만, 하기
는 해야겠어. 내가 봐서는 이 정도면 한 해 평균 1조 이상은
세금을 아낄 수 있을 거야."

한 기업을 운영하는 데 있어서 필요한 집기만 해도 어마어
마하다. 하물며 기업도 아닌 한 국가를 운영하는 데에는 얼
마나 많은 물자가 필요하겠는가?

"그러고 보니 전에 어떤 국회의원이 생각나는군. 독점 상
품을 독점으로 구입했다고 사퇴하라고 난리를 피웠던 인간
말이지."

"아, 기억납니다."

"생각해 보면 이상하단 말이지. 상식적으로 전 세계에 그
거 하나뿐인데 그걸 모른다는 건 말이 안 되고."

전 세계에서 그걸 생산하는 기업은 단 하나뿐이기에 당연
히 정부에서는 대량 구매로 가격을 낮추는 데 성공했다.

그런데 국회의원은 그걸 해낸 조달청장에게 사퇴하라면서
게거품을 물었다. 그것도 국정감사 현장에서 말이다.

수십 명의 사람이 붙어서 조사한 내용을 바탕으로 이루어
지는 게 국정감사인데, 그 아래에서 일하는 사람들이 과연
그게 해당 기업의 독점 생산품이라는 걸 몰랐을까?

"아마도 유통사와 결탁되어 있었겠지요."

본사에서 직접 사면 싸지만 유통사를 통하면 못해도 유통비가 30%에서 50%는 더 붙는다.

그걸 국회의원까지 한 사람이 몰랐을 리가 없다.

"그리고 지금 거래 중인 기업에 대한 전수조사를 요청하는 게 좋을 것 같습니다. 사실 현재 거래 중인 기업의 40% 이상은 중국 기업일 테니까요."

어쩔 수 없이 수입하는 게 아니다. 낙찰받은 놈들 입장에서는 한국보다는 중국에서 납품받는 게 훨씬 이득이니까 그런 거다.

한국의 기업을 위한 법이 정작 중국 기업만 키워 주고 있는 셈.

"알았네."

송정한은 고개를 끄덕거렸다.

"아마 전수조사가 들어간다고 하면 종우한은 눈깔이 돌아가지 않을까요? 후후후."

⚖️

"뭐? 이런 말도 안 되는 법이 어디 있어! 누구 마음대로! 누구 마음대로!"

국방부의 납품 업체 전수조사 발표와 더불어 국가 납품 관

련 법률에 대해 송정한이 새로이 한 제안은 종우한에게 치명
타였다.

아니, 치명타 수준이 아니라 그의 정치생명까지 위협할 정
도의 문제였다.

"아니, 누구 마음대로! 안 돼! 그럴 수는 없어!"

그는 흥분해서 자신의 사무실을 왔다 갔다 했다.

하지만 방법이 없었다.

자신이 아무리 국방위원회 위원이라고 해도 사건의 수사
를 추적할 수는 없다.

더군다나 전 국민이 관심을 가지는 사건의 수사를 막는 건
불가능하다.

한국 사람들은 안보와 엮이면 극도로 보수적으로 변한다.
그런데 이 사건은 안보와 이미 관련되어 버렸다.

"젠장, 이게 아닌데!"

종우한 입장에서는 돌아 버릴 일이었다.

시작은 단순했다. 애초에 권양구 하나만 죽여 버리면 되는
일이었다.

그리고 그가 죽고 나면 모든 일은 정리되는 것이었다.

자신은 다시 국방부를 통해 꿀을 빨 거고, 군대는 전처럼
돌아갈 거다.

"이걸 어쩌지? 어쩌지?"

종우한에게는 방법이 없어 보였다.

이제 그의 머릿속에 남은 방법은 하나뿐이었다.

그는 바로 주안도를 불렀다. 그리고 협박하기 시작했다.

"주 소장, 권양구를 처리해야겠어요."

"아니, 이제 와서 뭘 어떻게 말이오?"

주안도는 완전히 힘이 빠진 듯한 목소리로 말했다.

이쯤 되니 자신의 헛된 욕심을 탓할 뿐, 달리 뚜렷한 방법도 없어 보였다.

"이쯤에서 그만둡시다, 우리도 더 이상 방법이 없는데."

주안도 소장은 욕심을 내려놓기로 했다.

권력? 좋다. 그걸 따라 여기까지 왔다.

하지만 추락했을 때 무슨 꼴을 당하는지 보고 있자니 권력 욕심도 싹 사라지는 걸 느낄 수 있었다.

사실 소장 출신의 장군이면 노후를 보내기에는 충분히 두둑한 연금이 나온다.

그래서 그는 욕심은 내려놓고 퇴역할 생각이었다.

하지만 그의 뉘우침은 너무 늦었다.

"야, 주안도. 너 미쳤냐?"

"조…… 종 의원?"

"지금 너만 살자고 도망치겠다 이거야?"

"종 의원, 무슨 말을……."

"내가 혼자서 죽을 것 같아? 나 아직 국회의원이야. 국방위 위원이라고. 내가 너 조지는 게 힘들 것 같아?"

그 말에 주안도는 사색이 되었다.

확실히 종우한은 국방위 위원이고, 그가 투서가 들어왔다는 식으로 말하면서 조사를 요구하면 국방부는 주안도를 조사하지 않을 수가 없다.

그리고 그렇게 된다면 명예로운 퇴역?

가능할 리가 없다. 아마도 말년은 비참하게 군 교도소에서 보내게 될 것이다.

"나…… 나보고 어쩌란 말이오?"

"권양구 그 새끼를 조져."

"뭐라고요?"

"권양구 그 새끼부터 일단 조지라고! 고작 준장 하나 따위 못 조지는 거 아니잖아? 너 파벌도 있다면서! 네가 여기서 자빠지면 그쪽에서 널 그냥 둘 것 같아? 너한테 죄를 몽땅 뒤집어씌울 거 아냐!"

"그건…….."

주안도는 그 말에 혼란스러워졌다.

그 말이 맞다. 자신이야 여기서 물러나도 연금을 받으면서 살면 되지만 종우한은 어떻게 될까?

아마도 모든 걸 잃게 될 거다.

국회의원 자리?

그 자리를 차지하기 위해서는 선거철마다 어마어마한 돈을 뿌려야 한다. 공천받기 위해 뇌물도, 선거 자금도 필요하다.

그런데 그가 가지고 있던 모든 기업이 사라진다면, 당연히 그 자리는 다른 누군가가 차지하게 된다.

"무슨 수를 써서라도 권양구를 조져. 그래야 우리가 살아. 알았어?"

반말을 찍찍 던져 대며 으르듯 하는 종우한이었지만 약점 이 잡힌 주안도는 찍소리도 할 수 없었다.

⚖️

"흠……."

노형진은 턱을 문질렀다. 그리고 조용히 말했다.

"아마도 그냥은 안 죽을 것 같은데."

상황은 사실상 끝났다.

이제 사람들은 권양구가 억울하게 당했다는 것을 알았고, 도리어 정치인들과 장군들이 국가의 시스템을 이용해서 어마어마한 돈을 빼돌리고 있다는 것도 알았다.

"이 상황에서 방법이 있다고 생각하나?"

"정치인이란 어떤 상황에서도 살아남으려고 합니다. 포기 요? 범죄자들은 포기를 몰라요. 특히 계획성 범죄자들은 더 더욱 그래요."

욱해서, 또는 실수로 범죄를 저지른 경우에는 포기하고 벌 을 받아들이는 사람들이 종종 있다.

하지만 계획성 범죄자들은 대체로 반성하지 않는다.

도리어 자기는 억울하다며 끊임없이 사람을 괴롭힌다.

"그런 놈들이 쉽게 포기할 리가 없죠."

"이제 와서 뭘 어쩌려고? 자네한테 뭘 할 수 있는 것도 없는데."

노형진은 고민하다가 말했다.

"저는 손대지 못할 겁니다. 하지만 장군님은 다르죠."

"나?"

"네, 이번 사건의 핵심 인물이니까요."

"난 준장으로 끝나도 상관없네."

"아뇨. 보복으로 자른다는 게 아닙니다. 이슈를 돌려야 한다는 거죠."

사실 사람들의 관심을 끈 사건은 많다. 하지만 종종 정부나 국회의원 또는 정치인들은 그럴 때 다른 사람을 희생양 삼아서 이슈를 돌리고 그사이에 사건을 무마한다.

"실제로 저도 그런 경우가 있었고요."

지금이야 한창 시끄럽지만 이게 과연 어느 정도의 파괴력을 가질까?

솔직히 장시간 끌고 갈 문제는 아니기는 하다.

한국의 납품 비리가 한두 해 일도 아니고, 그걸 제보한 사람이 한 명도 없었던 것도 아니다.

하지만 그때마다 상대방은 다른 걸 터트려서 사건을 묻어 버리고 자신들의 욕심을 채웠다.

"그러면 급이 맞는 사건을 터트려야 합니다."

연예인들의 어설픈 열애설 같은 건 이제 이슈가 되지 않는다.

"그리고 그런 걸 사람들은 너무 잘 알거든요. 그러니까 다른 걸 노려야 합니다."

"그게 나란 말인가?"

"네. 반전의 반전이라는 거죠."

나쁜 놈인 줄 알았는데 알고 보니 착한 놈이었다, 그런데 더 파고들다 보니 엄청나게 나쁜 놈이더라.

이런 반전의 반전을 거치면서 사람들에게 관심을 불러일으킬 가능성이 크다.

"하지만 어떤 식으로……?"

"그거야……."

노형진은 고민하다가 목소리를 낮춰서 물었다.

"그 주안도 소장 말입니다, 파벌이 있다고 하셨죠?"

"그래, 그렇지."

"그러면 그 파벌은 그 위에도 올라가 있나요?"

"글쎄…… 그럴 수도 있지. 아니, 100% 그럴 거야."

물론 소장급을 넘어선 중장급이 되면 워낙 감시나 확인도 철저해서 직접 움직이는 데에는 한계가 있겠지만 말이다.

"중장쯤 되면 직접 움직이진 않겠군요."

"그렇지. 특히 지금처럼 정치적인 문제라면 더더욱 그럴 거야. 꼬리 자르기라는 게 괜히 생긴 말은 아니지 않나?"

중장 입장에서는 그냥 소장급 하나 쳐 내면 그만이다.

이번 사건과 관련해서 딱히 자신의 존재가 드러나진 않았으니까.

"주안도야 직접 움직인 놈이니까 좀 다급하겠지만."

권양구의 말에 노형진은 턱을 문지르다가 고개를 끄덕거렸다.

"그러면 아래에 있는 놈들도 움직이겠네요?"

"그러겠지."

군이란 조직이 그렇다. 윗선이 움직이는데 아랫사람이 가만있을 수는 없다.

당연하게도 그들은 위에서 시키는 대로 움직이면 된다.

"그러면……."

노형진은 고민하다가 씩 하고 웃었다.

"투서하죠."

"투서?"

"네."

"하지만 국방부에 투서를 한다고 해도…… 받아 줄지……. 사실 국방부는 투서를 잘 안 받아."

"압니다. 한국에서 가장 부패한 조직 중 하나가 바로 군대니까요."

투서란 상부에 대한 저항이다.

애초에 투서라는 것은 군 내부에서 벌어지는 부도덕하고 부정한 행동에 대해 고발하는 거다.

하지만 국방부는 군 내부의 지휘 시스템을 흔든다는 이유로 투서를 막고 투서한 사람을 처벌하며 투서를 당한 당사자를 보호한다.

투서의 목적이 라이벌의 제거이든 상관의 부도덕함의 고발이든 결국 불법적인 행동임에도 불구하고 그렇게 움직인다.

"장군님, 진짜로 옷 벗을 각오 하신 거죠?"

"벗지 말라고 해도 벗을 거야. 너무 피곤해."

심적으로 극한까지 몰아붙여지다 보니 권양구는 진심으로 쉬고 싶었다.

"장군이면 굶어 죽을 정도로 돈이 안 나오는 건 아니야. 그러니까 이참에 은퇴하고 싶네."

"그러면 장군님께서 투서 한번 하시죠."

"뭐? 내가 직접?"

그 말에 권양구는 눈을 크게 떴다.

그도 그럴 게 투서라는 건 일반적으로 영관급에서 벌어지기 때문이다.

그 아래의 위관급에서는 어지간하면 승진하고 어차피 사관학교 출신이 아니면 승진은 물 건너간 터라 투서 사태가 잘 벌어지지 않지만, 영관급이 되면 최소 사관학교 출신이고 군에 남기로 한 상황이기에 당연히 밟고 올라가기 위해 서로 치열하게 싸운다.

그러다가 장군이 되면 투서가 다시 사라지는데, 일단 장군급이 되면 온갖 더러운 일에 엮이는 경우가 많아서 역투서당할 가능성도 커지고 더군다나 장군 숫자야 뻔하기 때문에 특정될 가능성이 높아져서다.

그래서 진짜 어지간한 경우가 아니고서야 투서를 하지 않는다.

"하지만 장군들 사이에서 투서는 거의 안 이루어지는데?"

"엄밀하게 말하면 투서가 아니라 내부 고발입니다. 국방부에서 자꾸 내부 고발 대신에 투서라는 단어를 쓰는 건 그걸 막기 위해 부정적인 이미지를 뒤집어씌우기 위해서고요."

"그건 그런데……. 더군다나 내가 누구한테 투서, 아니 내부 고발을 하란 말인가, 이 상황에서?"

"누구긴요."

노형진은 손가락으로 하늘을 가리키며 말했다.

"직속상관한테 해야지요."

⚖️

"그러니까 군 내부에 범죄를 목적으로 만들어진 사조직이 있다 이건가?"

"네, 각하."

은밀하게 들어온 제보.

그건 군 내부에 횡령 등을 목적으로 만들어진 사조직이 다수 존재하며, 그들이 군의 시스템을 이용해서 막대한 이익을 챙기고 있다는 내용이었다.

"이걸 어떻게 생각하시오, 국방부 장관?"

"거짓말하지 않겠습니다. 각하께서도 아시지 않습니까? 애초에 군이라는 조직은 깨끗해질 수가 없는 곳입니다."

"끄응…… 그건 그렇지."

개혁의 기치하에 권력을 잡았지만 현실은 녹록지 않았고, 결국 박기훈은 정리적 실리를 선택했다. 그건 군의 시스템에도 똑같이 적용되었다.

군 내부가 얼마나 썩었는지 조사할수록 해결책이 보이지 않았기 때문이다.

애초에 개혁할 정도의 인재는 일찌감치 탈락하고, 부패하고 이기적이며 정치적인 인간들만 위로 올라가는 현 군 시스템의 구조적 특성상 제대로 된 장군을 구하는 건 불가능하다시피 했다.

"이번에 권양구 사건도 그렇고."

권양구 준장 사건.

그 진실을, 대통령인 박기훈도 알고 있었다. 정확하게는 사건이 커지면서 진실을 알게 된 것이다.

"그런데 이 권양구라는 사람, 진짜 작심한 모양이군."

"그런 것 같습니다. 준장이면 이런 짓을 하기 쉽지 않을 텐데요."

"옷 벗을 각오를 했다 이건가?"

국방부를 고소했다고 들었을 때는 어이가 없었다.

현직 준장이 국방부를 고소하다니, 옷 벗겠다고 못 박은 꼴이었다.

그런데 이번에는 투서, 아니 내부 고발을 청와대로 보냈다. 그것도 아예 실명을 박아서 말이다.

"사실 군 내부이 사조직을 막는 건 불가능합니다, 각하."

"그렇겠지."

인간에게 권력에 대한 갈망은 본능 같은 거다. 그리고 권력을 나누기 위해 서로 손잡는 것은 당연한 일.

하나회 이후에 군 내부에서는 철저하게 군 사조직을 막고 있지만 여전히 다양한 형태로 운영되고 있다.

미식회라는 맛집 탐방 가면을 쓰기도 하고, 산악회라는 취미 활동의 가면을 쓰기도 한다.

심지어 여성전우회라는 여군 권력 집단이 실제로 존재한다.

여성전우회는 외부적으로는 여군들의 친목 모임이지만, 그 실체는 군 내부에서 여군의 세력화를 위해 모인 명백한 사조직이다.

그럼에도 불구하고 국방부는 그 대부분을 알면서도 모른 척하고 있다.

국방부 장관의 말마따나 사조직을 철저하게 박멸하는 건 불가능하니까.

아닌 말로, 그냥 한데 모이긴 하지만 이름만 붙이지 않으면 사조직이 아닌 걸까?

아니다. 명백하게 사조직이다.

하지만 그렇다고 해서 장교들에게 어떠한 경우에도 군인끼리 사적 모임을 가지지 말라고 할 수도 없는 노릇이었다.

"어떻게 해야 하나……."

박기훈은 고민하듯 테이블을 탁탁 두들겼다.

분명 권양구의 말이 맞다. 다른 곳도 아닌 군 내부에 범죄 조직으로 운영되기 위한 사조직이 있다면 박멸해야 한다.

하지만 그러기에는 너무 복잡한 정치적인 사항이 많다.

'영 찜찜한데…….'

권양구의 변호사가 다른 사람도 아닌 노형진이다.

노형진이 어떤 인간인지는 박기훈이 누구보다 잘 알고 있다. 승리를 위해, 권력과 가장 가까운 대통령에게 조언하는 자리를 박차고 나간 게 바로 노형진이다.

'더군다나 권양구는 전형적인 군인이란 말이지.'

전형적인 군인이, 다른 곳도 아닌 청와대에 직접 투서할 생각을 했다?

'그랬을 리가 없지.'

노형진이 마음대로 그렇게 하라고 놔둘 리도 없고 말이다.

"그렇단 말이지."

박기훈은 힐끔 국방부 장관을 보았다.

자신에게 충성하는 사람이기는 하다. 하지만 본질적인 문제가 있다.

'어찌 되었건 군 내부의 사람이야.'

군 내부에서 살아왔던 사람이고, 얼마 전까지만 해도 군 내부의 파벌 속에서 살아오던 사람이다.

과연 그가 하는 말을 100% 믿을 수 있을까?

'그럴 리가.'

군인들은 대통령이 아닌 군에 충성한다.

수많은 공무원들이 국가나 국민이 아니라 조직에 충성한다. 그런 면에서 사실 국방부 장관도 확실하게 믿음을 주긴 어렵다.

당장 홍안수만 봐도 그렇다. 그 당시에 많은 장군들이 국가가 아닌 홍안수에게 충성했다.

그 결과 쿠데타를 일으켜서 나라를 전복시키려고 했다.

당시에 그걸 막지 못했다면 대한민국은 아마도 독재국가가 되었을 거다.

'간절하군. 이럴 줄 몰랐는데.'

노형진이 청와대 자문 위원을 그만두고 떠났을 때만 해도 이 정도로 답답할 줄은 몰랐다.

'아니야. 이게 기회일 수도 있어. 노 변호사라면 아무 생각 없이 투서를 던질 인간이 아니야.'

결국 다른 목적을 가지고 하는 일일 게 분명하다. 그 목적은 과연…… 어떤 것일까?

'뜬금없이 실명까지 넣은 투서라…….'

한참 고민하던 박기훈은 국방부 장관이 아니라 옆에 있던 비서관을 바라보았다.

"내가 만일 이걸 무시한다면 노형진 변호사가 어떻게 행동할 것 같나?"

"뭐, 별일 있겠습니까?"

"맞습니다. 노형진 변호사는 이제 야인입니다."

'야인 같은 소리 하고 있네.'

물론 야인이다. 하지만 원한다면 나라를 뒤집을 수 있는 인간이다.

'사조직. 사조직…… 노형진이 그냥 목적도 없이 이런 투서를 던졌을 리가 없어.'

노형진이 자문 위원을 할 때 그에게 박기훈이 한 가지 물어본 적이 있었다.

왜 공무원 사건에서 꼭 단순 배임이 아니라 공무상 배임으로 넣느냐고.

가령 공무원이 일하지 않는 경우 노형진은 그걸 소극적 행정으로 고소를 넣는 게 아니라 업무상 배임으로 넣어 버렸다.

소극적 행정과 업무상 배임은 전혀 다르고, 사실 소극적 행정이 더 맞는 경우도 많다.

'그때 뭐라고 했더라?'

소극적 행정은 행정처벌이기 때문이라고 했다.

당연히 행정을 적용하는 지역단체장이 마음대로 컨트롤할 수 있다.

그에 비해 업무상 배임은 형법적인 영역이라 지역단체장이 어찌할 수가 없게 된다.

'그래, 그랬지. 일종의 경고라고.'

업무상 배임으로 넣은 후에 관리 책임을 물어서 그 공무원의 상급자를 끌어오고, 그렇게 함으로써 하나의 경고를 하는 거라고.

저 새끼가 조져지든가 당신이 조져지든가 결정하라는 협박.

사실 소극적 행정으로 처벌해 봐야 제대로 처벌받을 가능성이 없고 설사 받는다고 해도 승진이나 기타 영역에는 문제가 될 게 없지만, 일단 윗선에 찍히면 공무원을 그만두거나 다른 곳으로 전출하는 것 말고는 답이 없으니까.

'위를 노린다!'

노형진에 대해 생각하던 박기훈은 살짝 소름이 돋았다.

노형진은 언제나 상대방이 잘못에 대해 책임지도록 만들었었다.

'책임이라…….'

만일 자신이 여기서 무시한다면 어떻게 할 것인가?

'사조직…… 사조직……. 그래, 그런 거였나? 그래서 실명까지 까서 보낸 건가?'

투서는 일반적으로 보복을 피하기 위해 실명을 공개하지 않는다.

내부 고발을 하면 보복당한다는 걸 군인 스스로가 다 알고 있다는 소리다.

그런데 실명까지 까고 대통령에게 내부 고발을 했는데 바뀌는 게 없다?

'내가 비호한다고 볼 수도 있겠어.'

이건 심각한 문제다.

군 내 사조직에 의한 쿠데타는 한국에서 두 번이나 있었다.

첫 번째가 바로 하나회라고 불리는 군 내 사조직. 그리고 두 번째가 홍안수가 부리던 사조직.

당연히 국민들은 사조직을 극도로 혐오한다.

이 상황에서 준장이 사조직을 인식하고 실명으로 고발했는데 대통령이 방치한다?

'그게 언론에 터지면 이만저만 큰일이 아니겠지.'

아마 그게 터지는 날부터 심각한 레임덕이 벌어질 거다.

'그러면 이걸 어떻게 하라고……'

고민하던 박기훈은 좋은 생각이 났다.

이에는 이, 눈에는 눈.

사조직 때문에 곤란해질 것 같으면 먼저 사조직을 쳐 내면 되는 거다.

"당장 권양구를 불러와요."

"네? 각하, 그게 무슨 말씀이신지?"

"이야기를 들어 보고 군 내부에 사조직을 박멸하기 위한 별도의 조직을 개설합시다."

"가…… 각하?"

그 말에 국방부 장관의 눈동자가 흔들렸다.

당연하다. 자신의 아래에 자신의 파벌이 한두 명이란 말인가?

그런데 사조직 박멸이라니?

"보자 보자 하니까 선을 넘었어요. 아니, 군 내 사조직이 아주 그냥 우후죽순으로 퍼지는데, 이러다 또 홍안수 꼴 납니다."

"하지만 각하, 그들은 그냥 단순 모임일 뿐입니다."

"하나회도 처음엔 단순 모임이었습니다."

심지어 하나회는 공부 잘하는 놈들 모임도 아니었다.

애초에 하나회의 리더였던 전환우는 사관학교 내에서도

바닥을 기던 성적이었다.

"애초에 이름은 중요한 게 아니죠. 프리메이슨이 석공 길드에서 시작되었다는 말 모릅니까?"

"끄응…… 그건 그런데……."

"이번 기회에 군 내부 사조직을 대대적으로 박멸해 봅시다."

물론 홍안수 사건 이후에 한 번은 사조직을 털었다.

하지만 주로 인맥이나 정치적인 사조직을 털었지, 맛집을 찾아가는 곳은 털지 않았다.

"그랬더니 대체 이게 뭡니까? 그들이 뭉쳐서 범죄까지 저지른다는 제보가 들어왔어요!"

"그게……."

"그런데 거기에 대고 국방부 장관이 한다는 말이 뭐요? 사조직은 박멸 못 해요? 뭐, 누구처럼 생계형 범죄라는 겁니까? 아니면 다음 재판에서는 취미형 범죄라고 할 겁니까?"

그 말에 국방부 장관은 사색이 되었다.

생계형 범죄. 국민들이 국방부를 깔보게 된 가장 큰 원인이 된 말이니까.

"물론 없애도 다시 또 만들겠지요. 그건 그때 문제고, 내가 대통령으로 있는 한 사조직은 절대 용납 못 합니다."

"알겠습니다."

"권양구를 불러들여서 자세한 이야기를 들어 보고, 내부 사조직 박멸 조직을 만들어서 모두 털어 내세요!"

대통령의 말에 국방부 장관은 마음이 급해졌다.

⚖️

"어떻게 죽일 방법 없을까?"

"그러게 말입니다, 권양구 그 새끼를 조져야 하는데……."

주안도는 부하들을 모아 두고 심각하게 회의 중이었다.

그의 파벌에 속하는 자들. 그들은 모두 주안도와 비슷한 인간들이었다.

애초에 그런 인간이 아니라면 주안도가 뭔 짓을 해서라도 군에서 내쫓았다.

"비리로 엮는 건 역시 무리겠지요?"

"안 될 것 같은데."

한번 시도했지만 실패했다.

더군다나 그걸 엮기 위해서는 누군가 독박을 써야 한다.

성강실업을 미끼로 삼은 이유가 뭔가? 바지 사장인 황해수를 찾지 못할 거라 생각했기 때문 아닌가?

하지만 그게 도리어 약점이 되어서 역으로 당했다.

또다시 권양구를 엮기 위해서는 누군가 감옥에 갈 각오를 하고 입을 털어야 한다.

"하지만 그게 힘들단 말이지."

바지 사장이야 여럿 있지만 상대방에게는 노형진이 있다.

만일 자신들이 그런 짓을 하면 노형진이 또다시 뒤집을 가능성이 크다.

"노형진의 방해를 받지 않으면서 물고 늘어지고 사회적으로 이슈까지 타야 하는데."

문제는 그게 쉽지 않다는 거다.

"뇌물은 힘들 겁니다. 아, 갑질로 날려 버릴까요?"

"갑질?"

"네. 전에 한 사람이 그렇게 가지 않았습니까?"

"그것도 힘들 것 같은데."

장군이면 그를 보좌하는 공관병 같은 존재가 꼭 붙기 마련이다. 그런데 그런 공관병에게 갑질했던 장군 한 명이 훅 갔다.

"그놈이 갑질하는 성격이 아니잖아?"

"그…… 병사한테 시킨다거나…….""

"그게 먹히겠어?"

병사 입장에서는 지랄맞아서 그냥 참고 있는 거지, 사실 나가면 장군은 그냥 아저씨다.

"애초에 같이 있는 기간도 길지 않고."

정치적으로 협박해 봐야 병사가 어차피 나갈 거라고 생각해서 역으로 터트리면 자신들만 곤란해지는 게 현실.

"그렇다고 해서 이대로 당할 수만은 없습니다."

"흠…… 그래서 말인데, 권양구 아래에 여자 보조관 하나 있지?"

"네? 아, 네."

장군 보좌관은 보통 남자다. 하지만 외부에서 근무하는 사람이 남자고 내근직, 그러니까 비서 업무를 하는 사람은 여군을 붙이는 게 일반적이다.

특히나 장군의 비서 업무라는 특성상 여군 중에서도 고르고 골라서 예쁜 여자들 위주로만 뽑는다.

"그런 애한테 이야기해서 성범죄로 엮어 버리자고. 요즘 같은 시대에 성범죄면 훅 가잖아?"

더군다나 성범죄면 이슈화도 무척이나 쉽기 때문에, 제대로만 된다면 이 시끄러운 모든 건수를 덮을 수 있을지도 몰랐다.

"하지만 쉽게 그런 폭로를 할까요?"

"죽기 싫으면 하게 만들어야지."

병사야 어차피 얼마 안 있어서 나갈 생각이라 그러기가 쉽지 않지만 여군이라면, 특히 장기를 노리는 여군이라면 충분히 가능하다.

여기에 있는 사람들의 힘이라면 잘해 봐야 위관급인 여군하나 묻어 버리는 건 일도 아니다.

"지금 권양구 아래에 있는 년 어때?"

"일은 잘합니다만, 협박하면 무너질 겁니다."

"그래?"

주안도는 아무리 생각해도 그것 말고는 도무지 답이 보이지 않았다.

'망할 종우한, 망할 권양구.'

물론 자신이 욕심을 부린 것도 사실이지만, 주안도는 이 모든 일이 다 두 놈 때문인 것 같았다.

그렇다고 해서 이제 와서 발을 뺄 수도 없다.

여기에 있는 자들도 모두 마찬가지.

대대적인 감사가 벌어지면 여기에 있는 대부분은 단순히 옷을 벗는 것으로는 끝나지 않는다.

그래서 다들 이렇게 다급하게 모인 것이다.

"일단 그년을 협박해서 성범죄로 엮어서 터트려. 인생 조지기 싫으면 시키는 대로 하라고 충분히 알려 주고."

"알겠습니다, 소장님."

"그리고 지금 비서 말고 그 이전 비서들도 털어 봐. 털어서 협박해서 엮을 수 있으면 엮어 보고."

기호지세라고 했다. 이미 호랑이 등에는 올라탔고, 호랑이가 멈춰서 죽든가 아니면 자신이 떨어져서 죽든가 둘 중 하나가 벌어질 수밖에 없는 상황.

"그리고 다른 쪽이랑 이야기해서 일단…… 우리 이권을 좀 넘겨준다고 어르고 달래 봐."

"헌병대를 찔러보려면 돈이 적잖이 들어갈 겁니다, 소장님."

"씨팔, 지금 돈이 문제야? 너희들 이러다 나란히 군 교도소에 같이 가고 싶어?"

그 말에 다들 아무런 대꾸도 못 했다.

"군 교도소 가기 싫으면 모두 입 닥치고 시키는 대로 하란 말이야."

주안도는 짜증스럽게 말했다.

하지만 그 순간, 그들의 뒤에서 낯선 목소리가 들려왔다.

"유감이지만 그렇게는 안 되겠는데요, 주 소장님?"

"뭐? 너 이 새끼 누구……!"

고개를 돌리던 주안도는 굳은 얼굴로 주변을 둘러봤다.

어느 틈엔가 그들을 둘러싼 사람들.

그들은 눈치 빠르게 얼굴을 굳히고 발뺌하기 시작했다.

"뭐야, 이거?"

분명 여기에는 자기들끼리 모이는 조건으로 빌렸다. 그런데 안으로 들어오는 장교들.

그들은 하나같이 최소한 중위급 이상이었다.

"너희들 뭐야!"

"국방부 특별 감찰부에서 나왔습니다."

"국방부 트, 특별 감찰부라고?"

"여기서 군 내부의 불법적인 사조직 모임이 이루어지고 있다는 제보가 들어와서요. 그런데…… 허, 웃기는군요. 단순 사조직도 아니고 범죄를 모의하는 사조직이라니."

"말도 안 되는 소리! 우리가 언제……."

말하던 주안도는 휙 하고 문을 돌아보았다.

최고급의 횟집. 입구에는 그럴듯한 한지로 만들어진 문이 달려 있다.

분명 밖에서 안이 보이지는 않지만 저 얇은 종이 한 장으로 만들어진 문이 밖으로 나가는 소리를 완벽하게 막을 수 있을까?

글쎄, 그건 모르겠다.

하지만 현실적으로 이렇게 조용한 공간에서 왁자지껄하게 떠들었으니 밖에까지 들렸을 가능성도 무시할 수는 없었다.

'마…… 망했다.'

부주의하게 떠들어 댄 소리가 그대로 저 장교들의 귀에 들어갔다면…….

아니, 들어갔다. 더군다나 소속마저도 군 감찰부다.

"장군님, 저희와 나눌 이야기가 많을 것 같군요."

병사들을 데리고 온 대위쯤 되어 보이는 남자의 말에 주안도는 힘없이 고개를 푹 숙일 수밖에 없었다.

⚖

"이게 무슨……."

─어젯밤, 군 내부에서 일부 사조직이 발견되었다고 합니다. 군 내부에서는 주기적으로 사조직에 대한 조사를 벌였는데, 최근 선을 넘어서 군 장교와 위관급 그리고 장성들을 모두 교체하려는 시도가 발각되면서…….

"미친……. 우리나라가 그런 꼴이라고?"

"돌겠네! 대체 누굴 믿어야 되냐?"

"군대는 홍안수랑 그 난리를 피우고도 여전히 저 꼴이야? 와, 징하다, 정말."

사람들은 뉴스를 들으면서 경악을 금치 못했다.

군 내부에 사조직이 있고 그들이 불법적인 행위까지 저질 렀다는 것은 심각한 문제다.

더군다나 일부 사조직은 자기들끼리 일종의 밀어주고 끌어 주기가 엄청나게 심했다.

박기훈은 홍안수의 쿠데타 이후에도 군 내 사조직이 근절이 안 되었다면서, 어떻게 해서든 사조직을 박멸하겠다고 길길이 날뛰었다.

물론 그 사조직의 박멸이라는 명제는 주안도에게만 쏠린 게 아니었다.

사실 사조직만의 문제였다면 현장에 있던 주안도와 그 패거리로 끝났을 것이다.

그런데 주안도는 잡히자마자 포기하고 사실대로 술술 불

었다.

사실 주안도 입장에서도 죄를 다른 누군가에게 뒤집어씌워야 그나마 자신의 형량이 줄어들기에 그런 것이지만.

그리고 그걸 뒤집어쓴 사람은 다름 아닌 종우한이었다.

⚖️

쾅!

문이 부서져라 열리고 종우한이 다급하게 당 대표에게 달려갔다.

"대표님, 빨리 국회를 열어야 합니다."

"뭔 소리야?"

"지금 한시가 급합니다. 빨리 국회를 열어야 합니다. 그래야 합니다!"

"아니, 종 의원. 다짜고짜 들어와서 국회를 열자니? 회기 끝난 지가 얼마나 되었다고?"

"아니, 진짜 급합니다."

당 대표는 뭐가 문제인지 바로 알아차렸다.

"자네, 무슨 사고 쳤나?"

"네? 아닙니다. 아니에요."

"그런데 왜 그러나?"

"그게……."

종우한은 아무런 말도 할 수가 없었다.

군 수사부에서 자신에게 체포 영장이 떨어졌다.

일반적으로 민간인은 체포하지 못하지만 이건 명백하게 군 내부의 문제.

당연하게도 군에서도 체포는 할 수 있다.

물론 처벌은 다른 곳에서 하겠지만.

중요한 건, 국회의원은 회기 중이 아니라면 보호받지 못한다는 거다.

그래서 국회의원이 체포될 위기가 오면 국회의원들은 힘을 합해서 소위 방탄 국회라는 걸 열었다.

하지만 최근에는 그런 경우가 드물었는데, 그도 그럴 게 일단 방탄 국회에 대한 이미지가 너무 안 좋아졌기 때문이다.

과거에 방탄 국회는 정부의 탄압에서 국회의원을 보호하는 수단이었지만 어느 순간 국회의원의 범죄를 보호하는 수단이 되어 버렸다는 걸 다들 느끼기 시작했던 것이다.

더군다나 국회의원들의 권력이 강해지면서 개나 소나 범죄를 저지르기 시작하자 1년 삼백육십오 일 스물네 시간 방탄 국회를 열 판국이 되어 버렸기 때문이다.

그래서 최근에는 방탄 국회를 거의 열지 않는다.

그런데 종우한이 느닷없이 다급하게 와서 방탄 국회를 요구한 것이다.

"종 의원, 도대체 뭔 짓을 한 거야!"

당 대표는 목소리를 높였다.

하지만 소리를 지른다고 해서 상황이 해결될 리가 없었다.

"대표님, 당장 국회 소집을……!"

"뭔 개소리야! 우리가 여당이라고 해도 그런 짓은 용납 못 하네!"

"대표님, 제발……!"

그 순간 누군가 대표의 방문을 두들겼다.

"누구야!"

"저기, 군 헌병대에서 찾아오셨습니다."

"군 헌병대?"

그 말에 당 대표는 어이가 없어져서 종우한을 돌아보았다.

국회의원은 민간인이다. 경찰이 찾아와도 어이없을 일인데, 군 헌병대란다.

"들어오라고 해."

그러자 안으로 들어오는 군 헌병대.

"도대체 무슨 일인가?"

"종우한 의원에 대한 체포 영장입니다."

"사유가 뭔가? 일단 나 좀 보세."

헌병대 중령이 체포 영장을 건네자 그걸 살펴본 당 대표는 어이가 없는 눈으로 종우한을 바라보았다.

"이 말이 사실인가?"

"아니…… 그게…….."

"그러니까, 성강실업이 자네 거였다 이거지?"

요즘 가장 시끄러운 성강실업 사건을 당 대표가 모를 리가 없다.

"후우~."

그는 긴 한숨을 내쉬더니 손을 흔들었다.

"데리고 가게."

"대표님! 대표님!"

"아, 데리고 가."

"이 배신자! 혼자 죽을 것 같아! 너도 같이 죽는 거야!"

다급한 나머지 종우한은 다급하게 협박했지만 당 대표는 눈을 찡그릴 뿐이었다.

그리고 그렇게 종우한이 나가자 그는 전화기를 들었다.

"아, 국방부 장관. 나요. 종 의원과 관련해서 정리할 게 좀 있어서 말이지. 그래, 좋게는 안 끝날 것 같아. 무슨 뜻인지 아시지요?"

그렇게 그날 종우한 의원의 미래는 결정되었다.

"승진이라……."

권양구는 어안이 벙벙했다.

자신이 승진했다.

이것이 법이다

일반적으로 군 내부에서 장군의 승진은 정해진 시기에 이루어진다. 그런데 그 시기도 아닌데 승진했다는 건 상당히 특수한 경우다.

"이게 뭔 일인지 모르겠군."

"현 대통령이 제가 한 협박을 알아들은 거죠."

"협박? 자네가 협박을 했다고?"

"뭐, 제게 나름의 방법이 있다고 해 두죠."

노형진은 그냥 빙긋 웃었다.

"끄응…… 옷을 벗으려고 했는데."

"물론 그것도 편한 방법이겠지요. 하지만 박기훈은 장군님을 놔주지 않을 겁니다."

"그건 또 뭔 뜬금없는 말인가?"

"욕심 없이 일하는 사람은 찾기 힘들거든요."

"단순히 그런 걸로?"

"말처럼 단순한 게 아닙니다. 이번 사태에서 보셨다시피 누군가는 욕을 먹어야 하거든요."

"아, 무슨 소리인지 알겠네."

　군 내부의 사적 모임에 대한 대대적인 조사 결과는 지독할 만큼 심각했다.

　홍안수 이후에 사적 모임을 가지지 말라고 그렇게 압박했음에도 불구하고 온갖 변칙적인 형태로 모임을 가지면서 인맥을 만들려고 혈안이 되어 있었던 것.

"누군가는 그걸 정리하고 가야 합니다."

"그게 나라 이건가?"

"사적 모임이 박멸되지 않는 이유가 뭐겠습니까?"

"사적 모임에 관련되지 않은 장교가 없기 때문이지."

"잘 아시네요."

사실 사적 모임 없이 준장까지 올라온 권양구가 이상한 거다.

다른 사람들은 사적 모임 없이는 승진이 불가능하다.

"아마 다른 누군가에게 그 정리를 맡긴다면 자기 모임만 빼고 다 때려잡을 겁니다."

그리고 하나 남은 그 사적 모임은 마치 하나회처럼 굴러가게 될 게 뻔하다.

"그런데 장군님은 아니죠."

이미 국방부와 소송했고 대통령에게 내부 고발까지 했던 인간이라 사실상 군 내부에서 좋게 볼 수가 없다.

박기훈의 대통령 임기 동안에는 자리를 지켜 나가겠지만 그가 물러난 후에는 100% 강제 퇴역 확정이다.

"청소할 때는 누군가는 똥물을 뒤집어써야 하는 겁니다."

"그런가?"

그 말에 권양구는 쓰게 웃었다.

"내 팔자가 어째 매번 뒷수습만 하는 것 같군."

"그런가요?"

"그래, 매번 그러더라고. 타이밍이 딱 그래. 누가 똥 싸지르면 가서 정리하고, 또 싸지르면 정리하고."

하지만 그 덕에 준장까지 달 수 있었다. 아니, 이제는 소장이다.

"덕분에 별 하나는 더 달고 은퇴하겠군."

"별말씀을요."

"그나저나 자네도 만만찮게 똥 치우면서 사는 것 같네만."

"그런 것 같네요."

노형진은 머리를 북북 긁으며 말했다.

"아무래도 이번에도 초대형 똥을 하나 치워야 하는 걸 보니까……."

질병과 국가

　코뎀09바이러스는 전 세계를 강타하며 어마어마한 희생자를 만들고 있었다.

　그 때문인지 새해가 되었음에도 불구하고 전 세계에는 환호가 아니라 침묵만 가득했다.

　2020년이라는 기념비적인 시작점임에도 불구하고 사람들은 살아남기 위해 집 안에 갇혀서 꼼짝도 하지 못했다.

　새해를 맞이한 즐거움도 환호도, 올해에는 없었다.

　전 세계를 채우는 것은 죽은 자에 대한 애도와 죽을지도 모른다는 공포뿐.

　'기분이 묘하군.'

　노형진은 그렇게 생각하며 오늘의 확진자와 사망자 수치

를 확인했다.

언론에서는 나라가 망한다는 둥 세상이 망한다는 둥 호들 갑을 떨고 있지만 노형진이 보기엔 그 정도는 아니었다.

회귀 전에 비해 정확히 30% 이상 희생자가 줄어든 상황이었기 때문이다.

그럼에도 불구하고 전 세계는 어마어마한 충격에 어쩔 줄 몰라 하고 있었다.

하긴, 현대 문명이 생긴 이래로 단 한 번도 이런 어마어마한 질병의 대유행을 겪어 본 적이 없으니 방법 자체가 없었던 거다.

"한국 언론은 왜 이런답니까?"

옆에 있던 로버트가 뉴스를 보다가 물었다.

"뭐가요?"

"아니, 객관적으로 보면 한국은 방역을 엄청 잘하고 있는 나라 아닙니까? 다른 나라에 비하면 진짜 비교도 못 할 만큼 잘하고 있는데도 방역 때문에 나라가 망한다고 계속 외치고 있으니 이해가 안 가서요."

노형진은 로버트의 말에 어깨를 으쓱했다.

하긴, 그의 입장에서는 한국 언론의 이러한 행동이 이해하기 어려울 수도 있다.

"한국의 언론은 기본적으로 이권 단체거든요."

"이권 단체요?"

"네. 언론의자유라는 이름으로 활동하지만 그렇다고 해서 그들이 이권을 챙기지 않는 건 아닙니다. 당장 WHO가 어떤 꼴이 났는지, 보면 아시지 않습니까?"

"아아, 그건 그렇지요."

노형진의 말에 로버트는 고개를 끄덕거렸다.

전 세계가 코델09바이러스로 고통받고 있는 현재 WHO가 하고 있는 건 전혀 없다고 봐도 무방할 정도다.

도리어 세계복지재단이 빈국의 구제와 방역에 더 신경을 쓰고 있는 상황이다.

세계복지재단에서 만든 페미컨을 비롯한 비상식량이 전 세계에 공급되어 그나마 숨통이 좀 트이는 상황이랄까?

"제가 아무리 법적으로 헛소리를 차단한다고 해도 한계는 있죠."

거짓 사실을 퍼트리거나 하는 걸 막을 수는 있지만 사설 형태의 언론까지 막을 수는 없다.

가령 전 대통령의 시골 사저를 언론에서는 아방궁이라고 욕했다.

그건 엄밀하게 말하면 허위 사실을 유포한 거다.

그 집을 팔아도 서울의 집 한 채 사기 힘드니까.

그런 건 처벌이 가능하지만, 정책에 대한 사설까지 막는 건 원론적으로 언론을 막는 것이기 때문에 차단이 불가능하다.

"그리고 그런 사설을 통해 그들은 정권을 재창출하고 싶은 거죠. 권력만 잡으면 법을 고칠 수 있으니까."

실제로 제대로 만든 법이 정권이 바뀌고 나서 걸레짝이 되는 경우가 엄청나게 많다.

원래는 다수의 변호사 양성이 목적이었던 로스쿨 제도도, 지금은 가진 자들을 위한 음서제가 되어 버리지 않았던가?

"아무리 그래도 그렇지 방역을 철폐하라는 게 말이 됩니까?"

"그들 입장에서는 누군가 죽는다는 게 그다지 중요한 문제가 아니거든요. 중요한 건 자기들이 권력을 잡는다는 결과지. 자기들만 안 죽으면 되는 거죠."

"이해가 안 가네요."

"전 세계 언론 신뢰도 꼴찌라는 위엄이 괜히 생긴 게 아닙니다."

노형진은 피식 웃었다.

그 말에 로버트는 입맛만 다셨다.

"그나저나 요즘 중국에 문제가 있다고 하던데, 뭐가 문제입니까?"

작년 말, 중국에 이상이 생겼다는 이야기가 있었다.

물론 노형진은 대부분의 역사를 알기에 그쪽에서 뭔가를 할 거라는 것쯤은 알고 있었다.

'하지만 역사가 많이 뒤틀려서 말이지.'

원래 역사보다 중국의 몰락이 빨라졌고, 중국과 전 세계의 대립도 심해졌다.

원래 역사에서 이 시점에는 적대적이긴 해도 정치적 영역에 국한되었는데, 지금은 일부에서 군사적 보복도 주장하는 사람들이 등장할 정도로 말이다.

그러다 보니 중국에서 한다는 이상한 행동에 대해서 노형진도 아는 바가 없었다.

'그렇다고 가서 굳이 기억을 읽을 이유도 없고.'

아무리 노형진이 적극적으로 사람을 구하고자 한다지만 굳이 이 시국에 중국에까지 목숨 걸고 가고 싶은 생각은 없었다.

"그런데 뭔 짓을 했기에 마이스터에까지 도움 요청이 온 겁니까? 중국에서 코델09바이러스는 공식적으로 종식된 상황 아닙니까?"

"그건 그렇죠."

공식적으로 중국은 코델09바이러스가 퍼지지 않고 있다.

정확히는, 아예 확진자 자체가 발생하지 않고 있다.

물론 조금만 생각해 보면 이게 얼마나 허황된 거짓말인지 알 수 있다.

미국도 코델09바이러스를 못 막고 있다.

심지어 방역의 최고 국가라는 한국조차도 코델09바이러스를 못 막고 있는데 마스크도, 소독약도 없는 중국이 코델09

바이러스를 완전히 차단시켰다?

말도 안 된다.

물론 일부에서는 중국은 완전 통제 국가라 사람들이 나다니지 못하게 된 덕에 바이러스가 사라진 걸 거라고 주장하기도 한다.

하지만 이미 다른 나라들도 셧다운을 통해 사람들이 집 밖으로 나오지 못하게 하고 있는 상황이다.

결국 기본적으로 조건은 같은 거다.

그런데 중국만 코델09바이러스가 사라질 리가 없다.

"뭐, 그건 중국 이야기 아닙니까? 그게 우리와 무슨 상관이 있다고요?"

노형진은 로버트가 자신을 찾아온 이유가 이해가 가지 않았다.

"정확하게는 중국의 샹량펑이 반미의 기치를 들었다는 게 문제죠."

"그거야 하루 이틀 문제가 아니지 않습니까?"

샹량펑은 중국 내 문제를 해결하고 독재하기 위해 헌법을 고치고 독재 시스템 준비를 하고 있다.

사실 시스템은 거의 완성되었다.

'조만간 샹량펑은 중국의 새로운 황제가 되지.'

물론 진짜로 황제를 자처하지는 않는다. 하지만 종신 권력을 잡고 중국을 이용해서 전 세계를 겁박하고 지배하려고 한다.

"하지만 중국은 세계의 공장이죠. 그로 인해 여러 가지 문제가 생길 테고요."

"어차피 대부분의 주요 기업들은 중국에서 빠져나오고 있는 상황 아닌가요?"

물론 단가의 문제로 중국에서 벗어나지 못하는 곳들도 분명 있다.

하지만 대부분의 기업들의 중국 이탈은 상당히 빠른 속도로 진행되고 있는 상황이고, 이제는 노형진이 아니라고 해도 그게 하나의 흐름이 되어 버렸다.

"그게 그렇게 단순한 문제가 아닙니다. 인도나 다른 나라에서 커버하기에는 중국의 기업이 너무 많아요. 투자한 돈도 많고요. 당분간은 중국의 숨을 붙여 놔야 한다는 거죠."

노형진은 그 말에 머리를 긁적거리며 말했다.

"숨이 문제가 아니라 일단 중국과 같이 일할 핑계가 필요한 것으로 들리는데요."

"정확하게는 그렇습니다."

노형진이 아무리 노력했다고 해도 중국을 완벽하게 대체하는 데에는 시간이 오래 걸릴 수밖에 없다.

그런데 그런 상황에서 국민들의 반중 감정이 너무 심해지고 있다는 것이 문제였다.

'하긴, 그럴 만하지.'

이놈의 코델09바이러스만 해도 화가 나 죽겠는데 노형진은 그 반방역 운동가들을 막기 위해 중국을 이용했다.

　더군다나 전 세계에서 사람이 죽어 나가고 시체가 산을 이루고 있는 시점에 중국은 자기들은 코델09가 없다면서 다른 나라들을 미개한 국가라고 비웃었다.

　"어쨌거나 중국과 거래를 끊는 게 아직은 시기상조라는 거죠."

　"그걸 왜 우리한테 이야기한답니까?"

　"지금 중국에 대해 압박을 가하는 건 미국뿐만 아니라 우리도 있으니까요."

　중국의 군사 대국화는 하루 이틀의 문제가 아니다. 적대적으로 변하고 있는 상황에서 그 속도를 조절하기 위해서는 결국 이쪽의 도움도 필요하다는 거다.

　"가장 큰 문제는 대만입니다."

　"대만……. 아, 무슨 소리인지 알겠습니다."

　'그러고 보니 이제 슬슬 그런 문제가 터지기 시작하겠네.'

　중국과 러시아는 영토 확장에 혈안이 되어 있다.

　중국은 한국을 아예 속국으로 생각하고 있고, 러시아의 경우는 나토를 막아야 한다는 생각 때문에 우크라이나를 침공하기도 할 정도로 영토 확장에 관심이 많다.

　'애매하지, 진짜.'

　중국은 둘째 치고 러시아까지 그런 확장을 노리는 타입이나 한국 입장에서는 미치고 팔짝 뛸 노릇이다.

중국은 믿을 수 없는 놈들이고 북한은 핵으로 장난질하며 러시아는 강력한 독재를 바탕으로 한 영토 확장에 관심이 많다. 그리고 동맹이라고 하나 있는 일본은 한국을 속국화하지 못해서 안달이 나 있다.

　'진짜 단군 할아버지가 부동산 사기를 당했다는 게 정설이라니까.'

　노형진은 고개를 좌우로 흔들었다.

　"너무 몰아붙이자니 공장 문제도 그렇고, 중국이 반미나 반유럽의 기치를 들고 러시아와 손잡게 된다면 까딱 잘못했다가는 세계대전의 가능성도 무시할 수 없으니까요."

　노형진은 그 말에 턱을 문질렀다.

　사실 틀린 말은 아니다. 자신이 죽기 전까지 세계대전까지는 없었지만 사실상 다시 한번 냉전이 벌어진 상황이니까.

　그리고 그때는 당장 세계대전이 벌어져도 이상할 게 하나도 없는 시절이었다.

　"그러니까 미국에서는 중국을 견제할 방법을 찾고 싶다는 거군요. 그것도 속도를 적당하게 조절하면서 말이죠."

　"네."

　"의외네요, 그건 보통 정치인들이 할 일인데."

　그런데 마이스터를 통해 슬쩍 이야기를 전할 정도면 확실히 관계가 틀어지기는 한 모양이다.

　'하긴, 그럴 만하겠지.'

중국은 선을 넘어도 너무 넘었다.

정확하게는, 회귀 전에는 선을 많이 넘기는 했어도 걸리지 않았는데 이번에는 걸린 것도 너무 많은 데다가 노형진이 끼어들면서 중국이 비틀어져서 더더욱 극단적인 노선을 타기 시작한 게 문제였다.

'그게 문제란 말이지. 하긴, 중국을 그냥 두기도 애매하기는 해.'

중국은 위험한 나라다.

그들은 극단적으로 이기적이고, 힘만 있으면 뭐든 해도 된다고 생각할 정도로 힘을 숭배하는 타입의 국가다.

그런 국가를 운영하는 놈들이 자기들이 코너에 몰렸을 때 무슨 짓을 할지는 사실 너무나도 예상하기 쉽다.

"장기적으로는 손봐 주겠지만 당분간 급속한 몰락은 막아야 한다는 거죠. 그렇게 되면 진짜 3차대전 가능성도 있고."

'중국이라……. 하긴, 그냥 두자니 위험하고 그렇다고 방치하자니 덩치가 너무 크지.'

망하게 하자니, 중국 정도 되는 나라가 망하면 전 세계에 미칠 영향력이 너무 크다. 아마 대혼란이 올 거다.

그렇다고 그냥 두자니 중국이 안하무인으로 날뛰고 있어서 이러다가는 세계대전이 터질 수도 있는 문제다.

'하지만 중국이 세계대전에 신경을 쓸 만한 나라도 아니고.'

유럽이나 미국 등은 사람 목숨 하나하나가 아까운 나라들이지만, 중국은 생명의 가치가 너무 없어서 사람이 죽어 가도 구경만 하는 나라다.

당장 도로 한복판에 싱크홀이 생겨서 차가 떨어지자 서둘러 차를 끌어 올려서 사람을 구하는 게 아니라 그 안에 흙과 시멘트를 들이부어서 생매장해 버리는 게 바로 중국 방식이다.

자국민에게도 그러는데 과연 외국인에게 신경이나 쓸까?

'그런 마당에 러시아와 손잡으면 뭐, 답이 안 보이는 거지.'

중국과 러시아가 손잡은 걸 다른 나라의 대통령들이 모를 리가 없다.

아마 공산당은 자기들이 몰락할 것 같으면 주저하지 않고 핵미사일 발사 버튼을 누를 거다.

"이쪽에서 조금 속도를 컨트롤하고 싶은데 또 중국은 대놓고 반미를 외치면서 도발하니 국민들이 더 화가 나는 거죠. 그러니까 중국이 외부에 힘을 투사하지 못하도록 방법을 찾아 달라는 게 미국 정부의 요청입니다."

노형진은 그 말에 머리를 긁적거렸다.

"뭐, 불가능한 건 아닙니다만."

"불가능하지 않다고요?"

로버트는 노형진의 말에 눈을 크게 떴다.

지금 세계의 주요 전문가들은 아무도 그 방법을 찾지 못해서 고생하고 있는데, 불가능한 게 아니라니.

"물론 완벽한 건 아닙니다. 최소한 혼란이 중국 내부로 향하게 하는 방법은 있지요."

"어떻게요?"

"중국 내부에 힘을 실어 주는 겁니다."

"누구한테요?"

"상하이방요."

"상하이방?"

"네. 중국의 권력 체계에 대해서는 아시죠?"

"당연히 알고 있습니다."

세계경제를 이끄는 로버트 같은 사람이 중국 내부의 예민한 정치 구도를 모를 리가 없다.

당연히 상하이방에 대해서도 알고 있고.

상하이방은 중국의 권력 구도에서 3위라고 볼 수 있는 조직이다.

중국의 최대 정치 조직은 태자당과 공천단 그리고 상하이방이다.

그리고 사실상 태자당과 공천단은 비슷한 조직이라고 할 수 있다.

태자당은 공산주의식 순혈 조직이다.

현재의 중화인민공화국, 즉 중국을 만든 자들과 그 자녀들의 조직이다.

그리고 공천단은 공산주의 1세대 출신으로, 중국 공산주의 청년단 출신을 말한다.

이 두 조직은 서로 견제하면서도 동시에 서로 손잡고 움직인다.

왜냐하면 두 조직 다 결국 공산당이라는 사상적 기반으로 움직이기 때문이다.

또한 현실적으로 태자당과 공천단은 떼려야 뗄 수가 없는 조직이다.

공천단 소속이라 해도 결국 그들의 자식이 속한 조직은 중국 공산주의 청년단, 즉 태자당인 경우가 많으니까.

그러다 보니 태자당과 공천단은 일종의 교집합을 이루고 있어, 권력을 두고 싸우며 서로를 견제하긴 하지만 그렇다고 해서 서로의 파멸을 원할 정도는 아니다.

그에 반해 상하이방은 3대 조직에 속해 있지만 신나게 두들겨 맞고 있는 상황이다.

장기적으로 봤을 때 상하이방에 남은 건 파멸뿐이다.

"아시겠지만 상하이방은 좋은 놈들이 아닙니다. 하지만 동시에 가장 자본주의적인 사상을 가지고 있는 자들이지요."

중국의 개혁 개방이 가장 빠르게 이루어진 시기가 바로 상하이방이 권력을 잡은 시기다.

그럴 만도 한 게, 상하이방 자체가 그 지역 출신들이 권력을 잡으면서 얻은 이름이다.

상하이는 옛날부터 중국에서 가장 경제력으로 발달한 지역이라고 할 수 있다. 당연하게도 그 지역 정치인들은 상당히 이문에 밝다.

중국 자체가 돈에 대한 집착이 엄청나지만 그 안에서도 상하이는 더더욱 심하다.

"그러니까 그쪽은 아무래도 공산주의 기반으로 전 세계를 공산화한다는 헛소리보다는 차라리 권력을 잡아서 돈을 번다는 계획을 더 밀어붙일 겁니다."

돈을 들여서 미국을 쓰러트릴 군대를 키우는 게 아니라 미국을 통해 돈을 더 벌고 싶어 하는 게 바로 상하이방이다.

"하지만 상하이방은 지금 몰락하고 있지 않나요?"

"몰락하고 있죠, 확실하게."

과거에 중국을 쥐락펴락했던 상하이방은 현재 확실하게 몰락의 길을 걷고 있다.

당연한 게, 상하이 지역 출신이라는 한정된 조건, 거기다가 중국의 기본 사상인 공산주의 사상보다는 자본주의 사상을 우선시하는 성향 등등 중국의 주요 세력인 태자당과는 상당히 상극인 탓이었다.

"가장 큰 문제는 상하이방이 욕심이 많은 집단이라는 거죠."

"무슨 말씀이신지?"

"상하이방은 공식적으로 극단적 능력주의를 표방합니다.

하지만 그 내면을 보면 이야기가 좀 다르죠."

극단적 능력주의를 표명하는 게 아니라 신흥 세력의 등장을 극도로 꺼린다는 게 맞는 표현이다.

즉, 검증된 사람만 쓰겠다는 건데, 매번 그런 식으로 사람을 돌려 막기 하다 보니 권력을 넘겨받아서 이어 가고 지켜 나갈 다음 세대가 없다는 것이 상하이방의 가장 큰 문제였다.

"현재 상하이방이 몰락하는 가장 큰 이유는 바로 그거죠."

자기들을 보호할 힘이 없다는 것.

더군다나 현재 샹량핑은 상하이방을 아예 작살내기 위해 신나게 두들겨 패고 있다.

그런데 상하이방 입장에서는 억울한 게, 샹량핑이 지금의 자리에 올라가도록 밀어준 게 다름 아닌 그들이었다. 그런데 이제 와서 두들겨 패니 억울해서 미칠 노릇일 수밖에 없는 것이다.

"그러니까 그들에게 힘을 실어 주면 되는 거죠."

"네? 하지만 그게 쉬울까요?"

그게 쉬울 리가 없다.

일단 상하이방은 신나게 두들겨 맞고 있기 때문에 완전히 납작 엎드린 상황.

"그러니까 살려 줘야지요. 그들은 어차피 죽을 상황이니까."

결국 살아남기 위해 무슨 수든 써야 한다는 거다.

"일단 계획을 좀 세워 보죠. 그런데 이거, 공짜는 아니죠?"

공짜로 해 주기에는 너무 큰 건이었다.

그러자 로버트는 종이에 뭔가를 적어서 보여 줬다.

그걸 본 노형진은 흡족한 표정으로 고개를 끄덕거렸다.

"자, 그러면 방법을 생각해 볼까요?"

다음 권으로 이어집니다

이것이 법이다

One for all
원포올

일라잇 스포츠 장편소설

**작렬하는 슛, 대지를 가르는 패스
한계를 모르는 도전이 시작된다!**

축구 선수의 꿈을 품은 이강연
냉혹한 현실에 부딪혀 방황하던 중
운명과도 같은 소리가 귓가에 들어오는데⋯⋯

당신의 재능을 발굴하겠습니다!
세계로 뻗어 나갈 최고의 축구 선수를 키우는
'One For All' 프로젝트에, 지금 바로 참가하세요!

단 한 번의 기회를 잡기 위해
피지컬 만렙, 넘치는 재능을 가진 경쟁자들과
최고의 자리를 두고 한판 승부를 벌인다!

**실력만이 모든 것을 증명하는
거친 그라운드에서 당당히 살아남아라!**

기갑천마

거짓이슬 퓨전 판타지 장편소설

종말을 막지 못한 절대자
복수의 기회를 얻다!

무림을 침략한 마수와의 운명을 건 쟁투
그 마지막 싸움에서 눈감은 무림의 천하제일인, 천휘
종말을 앞둔 중원이 아닌 새로운 세상에서 눈을 뜨는데……

"천휘든 단테든, 본좌는 본좌이니라."

이제는 백월신교의 마지막 교주가 아닌 평민 훈련병, 단테
그럼에도 오로지 마수의 숨통을 끊기 위해
절대자의 일 보를 다시금 내딛다!

에이스 기갑 파일럿 단테
마도 공학의 결정체, 나이트 프레임에 올라
마수들을 처단하고 세상을 구원하라!